JN068172

メディアワークス文庫

愛に殺された僕たちは

野宮 有

「知ってた？　猫も子供を殺すんだって」

橙色《だいだいいろ》に染まる小さな公園の片隅で、逢崎愛世《あいさきまなせ》が語り掛けてきた。

喜怒哀楽のどれにも該当しない表情の意図をうまく摑《つか》めず、僕は曖昧に頷《うなず》くことしかできない。お互いが体重を預けるブランコが交互に軋《きし》む音だけが、橙色に染まる世界に響き渡っていく。

彼女の視線の先を追うと、どこからか迷い込んできた黒い猫が、愛くるしい金色の瞳でこちらを見上げていた。

「初めて聞いたよ。何で殺すんだ？」

「もし見初めた相手に子供がいたら、雄猫は自分の遺伝子を残せない。そういう習性になってるんだよ。パートナーとの新しい愛を育むためには、邪魔な子供は殺してしまうしかない」

「それは残酷だな」

「でもきっと、それが愛ってものなんだよ」逢崎は無感情に続けた。「別に猫だけじゃない。猿も、熊も、イルカだって愛のために子供を殺す」

逢崎がブランコに揺られるたびに、長い黒髪に映る淡い光輪が歪《ゆが》み、僅かに乱れた毛先が風景に溶けていく。

僕は何も言わず、彼女の次の言葉をただ待っていた。

二人が出会ってしまった悪い運命を、迷い込んでしまった袋小路《ふくろこうじ》を呪いながら。

「だから、きっと動物の遺伝子に組み込まれてるんだ。愛のためなら何をしてもいい。愛のためなら、悪魔になっても許されるんだって」

逢崎の昏《くら》い瞳はもう、現実になど向けられてはいなかった。

彼女はただ、どこか別の世界だけを見つめていた。

虚空に浮かぶ透明な檻《おり》も、首元に僅かに浮かぶ青痣《あおあざ》も、制服の裾から覗《のぞ》く無数の切り傷もない世界を。そんな、ありもしない世界を。

僕はまた、鏡を覗いているような錯覚に襲われた。彼女が手繰り寄せてきた絶望は、あまりにも僕と似ているのだ。それはもう、ほとんどおぞましいほどに。

いつの間にか黒猫は茂みの奥に逃げ去り、公園には再び僕たちだけが取り残された。

もう二人だけしかいない世界に、逢崎の言葉が静かに落とされていく。

「ねえ、灰村《はいむら》くん」

「うん」

「……殺そうよ。早くあいつらを殺そう。私たちの現実を壊したあの連中を。私たちに愛を振《ふ》り撒《ま》く悪魔たちを」

ブランコから飛び降りた逢崎は、沈みゆく夕陽《ゆうひ》を背にしてこちらを見つめてきた。逆光が邪魔をして彼女の表情を窺《うかが》い知ることはできない。それでも、鎖が軋む音が消え失《う》せる頃には、僕の回答はもう決まっていた。

「……わかったよ、殺そう。じゃあ最初は誰にする？」

つまり、この決断が全てを狂わせてしまったのだ。

ここから二人は、互いに縺《もつ》れ合《あ》いながら地の底へと墜《お》ちていくことになる。

抗《あらが》う術などはなかった。

なぜなら僕たちは悪い運命で結ばれていて、

そのうえ二人とも、愛に殺されてしまっていたからだ。

1

喧騒《けんそう》に満たされた放課後の教室で、僕はさっき配られたＡ４用紙を睨《にら》みつける。

僕たちは高校二年生で、しかも夏休みが明けてからもう二週間が経っている。そろそろ、こういう選択を突き付けられる頃合いなのはわかっていた。

進学か就職か、どちらか希望する方に丸をつけてください。希望する学校名または会社名を記入してください。将来についての考えや、教師への質問事項があれば記入してください。

白黒印刷された丁寧な言葉たちが、空中に浮かび上がってふらふらと漂っている。ホームルームで用紙を配りながら担任教師が僕に向けてきた視線が、まだ脳裏にこびりついていた。

ふと、前の席に座るクラスメイトがこちらに話しかけていることに気付く。

嬉々《きき》とした表情で話す彼に相槌《あいづち》を適当に打っていると、いつの間にか他のクラスメイトも数人集まってきた。そこからは一度も途切れることなく、新たな話題が次々と投入されていった。

進路を選ばなければならない時期が来たことへの焦り。六限の数学の小テストが異様に難しかったことへの不満。隣のクラスの誰々と誰々がついに別れたとかいうゴシップ。誰々と誰々の喧嘩《けんか》の原因が、誰々を取り合っての色恋沙汰にあるのではないかという推測。

自分が関わっているわけでもない話を真剣に語る彼らの心理構造がどうなっているのかはいまいち理解できなかったが、適当に話を合わせるのは僕の得意とするところだった。

しばらく話し込んでいるうちに、話の流れは「これから皆でどこに行くか」というものに切り替わっていく。

「あー、駅前に最近できた店？」
「そうそう、めっちゃ美味《うま》いんだって。あれは一度食べてみるべき」
「トマトラーメンなんて邪道だろ」
「そうそう、あそこが混んでるとこなんて見たことないけどな」
「しかも地味に高えんだよな。確か一杯八〇〇円くらいするだろ」

いつものように、空腹は特に感じていなかった。僕は当たり障りのない意見を適度に挟みながら、会話が終着点に辿《たど》り着《つ》くのを待った。

教室の前の方で起きているざわめきが少し気になった。

あれも、いつもの光景というやつだ。悪意に満ちた表情を浮かべた数人の女子生徒が、椅子に座って俯《うつむ》く一人の少女を囲んでいる。

「いや、俺は味に見合った値段だと思うね」

軽く小突いたり机を叩《たた》いたりしながら、女子生徒たちはやはり悪意を孕《はら》んだ言葉を容赦なく投げつけている。攻撃を受けている方の少女はひたすら無反応を貫いており、それが加害者たちを更に苛《いら》つかせているようだった。

「じゃあさ、このあと皆で行こうぜ。マズかったら俺が奢《おご》ってやるから」

いつも一人で寂しくない？　遊んでくれる友達とかいないの？

もうずっと腕に包帯巻いてるよね。その眼帯もなに？　ちょっと心配なんだけど。

ねえ、なんで無視してんの？　声かけてくれる人の気持ちになった方がいいよ。

穏やかかな、本当に心の底から心配するような口調を装って、女子生徒たちは鋭利な言葉で少女を刺し貫いていく。僕の近くで駄弁《だべ》っている連中もそれに気付いているはずなのに、誰もあの空間をまともに見ようとはしない。

一瞬だけ、本当に一瞬だけ、悪意に晒《さら》されている少女がこちらを振り向いた。

白い眼帯に覆われていない方の目が、確かに僕へと向けられている。その瞳には一切の光が宿っておらず、昏く冷たい海の底を想起させた。

周りのクラスメイトたちに倣って、僕も目を逸《そ》らしてみる。

そうすると不思議なことに、まるで世界に絶望など存在しないように思えた。

「瑞貴《みずき》、なにボーっとしてんだよ。お前も行くだろ？」

気付くと、既にクラスメイトたちは後ろの扉からぞろぞろと出ていくところだった。

僕は肯定とも否定とも取れる笑顔を作りつつ、進路希望調査票を机の中に押し込んで立ち上がる。そのまま一度も振り返らず、遠ざかっていくクラスメイトたちの背中を追いかけた。


部活がある何人かとは昇降口で別れたため、結局ラーメン屋に行くのは僕を含めて四人になった。ラーメン屋に行っても無意味なことくらいわかっていたが、たまには参加しておかないとコミュニティから排斥される原因にもなりかねない。人間関係を円滑に進めるためには忍耐が必要だ。

ズボンのポケットから自転車の鍵を取り出していると、隣を歩いているクラスメイトが話しかけてきた。

「瑞貴、今日はバイトないの？」

「夏休みにマジでずっと入ってたからさ、今月はちょっとシフト減らされたんだよ」

「あー、あんま稼ぎすぎると税金かかっちゃうんだっけ」

「そうそう。確か年間一〇三万以下に抑えなきゃいけないの」

「あれっ瑞貴さん、うちの高校はバイト禁止じゃなかったですっけ」

「バレなきゃいいんだよ」

本当は担任の宮田《みやた》を通して許可を取っているのだが、ここで説明するのは少し面倒だった。それに三人が声を出して笑っているので、この対応で問題はなかったということなのだろう。とりあえず僕も、流れに任せて笑ってみることにした。

途切れることのない雑談とともに自転車を漕《こ》ぎ出し、徒歩通学の生徒たちの間を縫って進んでいく。まだ夏の名残がある季節の陽射《ひざ》しは強烈だが、駅へと続く橋に差し掛かった頃には、心地良い風が吹いて不快な暑さも少しは和らいできた。

「しかし、あいつらもよくやるよな」

先頭を走るクラスメイトの呟《つぶや》きに非難の色が混じっていたことで、彼が誰について語ろうとしているのかはすぐにわかった。

「桃田《ももた》と、その取り巻き連中だろ？」僕の右側からため息混じりの感想が漏れる。「今日もヤバかったよなあ。宮田が教室から出ていった次の瞬間にはもう机を取り囲んでたし」

「はは、あそこまでやりたい放題だと清々《すがすが》しいな」

皆にもあれが見えていたことを知って、僕は奇妙な安堵《あんど》感を覚えた。

不自然にならないように会話に加わるため、どこかで聞いた情報を付け加える。

「そういや、中学のときも誰かを不登校に追い込んだって聞いたな」

「何それ、やべーだろ」

他人事《ひとごと》のように笑いながら、三人は桃田やその取り巻きたちにまつわる噂《うわさ》を次々と話し続けた。誇張に誇張を重ねて真偽不明のエピソードを話していると、ホラー映画の感想でも語りあっているような気分になってくる。

いつものように適当に相槌を打っていれば済むようなやり取りだったが、誰かが吐き棄《す》てるように口にした言葉が僕の鼓膜に触れた。

「まあ、いじめられる方にも原因があると思うけど」

それで全ての結論が出たとでも言わんばかりに、皆は喉の奥で笑う。

「逢崎だっけ？　確かにあれは変わってるわ」

「いやいや、変わってるなんてレベルじゃないでしょ。俺、あいつが誰かと話してるのなんて見たことねーぞ」

「確か親もヤバいんでしょ？　言い掛かりで学校に乗り込んできたことがあるって、同じ中学の奴《やつ》が言ってた」

「とにかく、あんまり関わらない方がいいってことだよ」

それから皆の興味は発売日が来月に迫った人気ゲームの続編へと移り、もうその話題を口に出す者はいなくなった。

僕は例のごとく無意識のまま会話に参加しながら、頭では教室の隅で嫌がらせを受ける少女のことを考えていた。

逢崎愛世は、いつも異様な雰囲気を纏《まと》っている。

どこも怪我《けが》などしているようには見えないのに両腕に包帯を巻き、長い前髪の隙間から覗く左目は常に白い眼帯に覆われている。極めつけは、入学して二年が経つはずなのに、彼女がまともに喋《しゃべ》っている様子を見た者は誰もいないという事実だ。桃田たちに机を囲まれて暴言を吐かれていても、反論を口にすることは一度もなかったように思う。

逢崎愛世の不気味さを更に加速させているのは、彼女が中学時代に一年だけ留年したことがあるという逸話だ。

しかもそれは、どうやら事実らしい。

逢崎が口を全く開かないので、留年の真の理由は誰にも解《わか》らない。実は恐ろしく成績が悪いからだの、裏で援助交際をやりまくってるだの、好き勝手な噂が学校中に蔓延《まんえん》している。それに対してすら何も言わないので、本当は言葉を喋れないのではないかというのがクラスメイトたちの共通見解になった。

だが僕だけは、その説が間違いだということを知っている。

選択科目の美術の授業のときに、一度だけ彼女と話をしたことがあるのだ。

その日の授業は『愛』をテーマにした絵を自由に描くという内容で、最後列の右端にいた僕の位置からは、全員のキャンバスを覗くことができた。多くの生徒が家族や恋人同士、繋《つな》がれた手などをモチーフにしており、絵心に自信がある者は暖色系の絵の具を使って抽象画に挑戦していたりもした。

そんな中、逢崎だけがキャンバスに『愛』を描けずにいた。

パレットに様々な絵の具を出していたから、授業に参加しないつもりだったわけではないだろう。それでも彼女は絵筆を握ったまま動かず、残酷なほどに白いキャンバスを呆然《ぼうぜん》と見つめていた。

残り五分と美術教師から告げられてもそのままだったので、僕は問い掛けずにはいられなくなった。

「描かないの？　そんなの適当でいいのに」

逢崎はこちらを不思議そうに見ると、昏い瞳を細めて言った。

「だって、嘘《うそ》を吐くのは苦手だから」

「嘘？」

「ありもしないものを平気で描けるほど、想像力に自信がない」

あの瞬間、僕は奇妙な感覚に襲われた。

ただ、それがどんなものだったのかまでは思い出せない。いや、思い出すことを脳が拒否しているのだ。何か見えない力が記憶回路の一部に鍵を掛けて、僕が立ち入ることを禁じている。

もし封を破ってしまえば、何かが致命的に変わってしまう。

これ以上、逢崎愛世と関わってはならない。

根拠もなく、そんな予感があった。


まだ四時にもなってないため、ラーメン屋には僕たち以外に客はいないようだった。九州北部の田舎町というだけあって流石《さすが》に店内は広く、僕たちはいくつかある座敷《ざしき》席の一つに通される。

自転車を漕いだのはせいぜい一〇分程度だが、この暑い中ではそれでも苦行に等しかった。汗だくになったクラスメイトたちは、冷たい水を喉に流し込みながら口々に愚痴を零《こぼ》す。

「学校から市街地まで遠すぎるんだよー。なーんで学校の周りにメシ食う所が一個もないんだよー」

「まあ、あの辺は見事に田んぼしかないからな……」

「駅前に来なきゃコンビニすらないってさあ……流石にヤバすぎだろ。くっそ、再来年には絶対に都会の大学に行ってやる」

「え、なにお前地元捨てる気なの？」

「お前だって博多《はかた》の大学行くつもりなんだろ」

「やっぱ皆、地元離れるんだな。まあこの辺に大学なんてないんだけど。あ、そういや瑞貴はどうすんの？」

「俺？」

「いやなんか、お前から将来の予定とか聞いたことないからさ」

「うーん」僕は事前に用意していた回答を紡ぐ。「まあ、三年になってからの成績次第じゃね？」

ほとんど何も答えていないに等しい回答だったはずだが、不審に思った者は誰もいないようだった。

大丈夫だ、上手《うま》くやれてる。

コップに注がれた水に口を付けて、一口だけ飲む振りをしてみる。これで僕は、友人たちと下らない話をしながらラーメンが運ばれてくるのを待っているだけの、どこまでも平凡な高校二年生になれる。

頭の中でそう確認していると、いつの間にか話題が切り替わっていた。

「二週間くらい前だっけ？　永浦《ながうら》市で人が殺されたじゃん」

自分の住む町で起きた事件というだけあって、この場にいる全員が少し身構えた。

確か、被害者の女子大生の写真まで熱心に報道されている。

大学デビューの一環として金色に染めたであろう髪や、自分の未来が祝福されていると信じて疑わない笑顔。友人たちと一緒に写っているあの写真と、ニュースキャスターが読み上げる事件の概要はどうしても結びつかない。

僕はどこで見たのかも覚えていない情報を記憶から掬《すく》ってみる。

「南永浦《みなみながうら》駅の近くだっけ？」

「そうそう、駅前の公衆トイレで首を絞められたって。……で、なんか殺された帰省中の女子大生ってのが山村《やまむら》さんの幼馴染《おさななじみ》だったみたいなんだよね。しかも永浦西高《うち》の卒業生らしいし」

「山村って誰？」

「ほら、二組の」

「ああ、あのバド部の子ね。なんでそんなの知ってんの？」

「いや、二組の友達から聞いたんだけど、山村さんがずっと学校休んでるらしくて」

顔もあまり浮かばない同級生に同情するのは難しかったが、うまく神妙な表情をつくることはできている気がする。

他の三人の方は、落ち着いたトーンで話してはいたが、言葉の奥にある興奮を上手に隠すことまではできていなかった。

刺激とは無縁の田舎町で、こうも非現実的な事件が巻き起こったのだ。自分たちと遠すぎず、だが決して近くはない距離に当事者がいることも、不謹慎な高揚感を煽《あお》っているのかもしれない。

　結局、そんなものなのだ。

　誰かにとって耐えがたい悲劇が起きたとしても、自分が安全圏にいるうちは、ラーメンが運ばれてくるのを待つまでの暇潰しとして消化してしまえる程度の話でしかない。そして店から出て自転車に跨《また》がった頃にはもう、皆すっかり忘れてしまうのだ。

　この状況でどんな表情を纏っているべきか悩んでいると、例のトマトラーメンがようやく運ばれてきた。

　真っ赤なスープに浮かんだ具材は色鮮やかで、少し酸味のある香りの中に、濃厚な旨《うま》味《み》が見え隠れしている。僕はそんな文章を脳内で読み上げてみた。

　一緒に来た三人はよほど空腹だったのか、貪るように麵を啜《すす》り始めた。厨房《ちゅうぼう》にいる店員たちは裏のない笑顔を浮かべながら雑談に興じているし、ラーメンを運んできた女性店員からも温厚な印象を受ける。

　大丈夫だ、何も問題はない。

「瑞貴？　麵伸びるよ」

「……ああ」僕は苦し紛れに言った。「ちょっと写真撮っとこうと思って」

　スマートフォンを取り出しながら言うと、皆も納得してくれたようだった。ピントもろくに合わせず一枚だけ撮影して、僕はラーメンに箸をつける。そのまま心を空にして、スープの絡んだ麺を一気に啜った。

全員がラーメンを完食した頃には店内が少し混み始めていたため、僕たちは長居せずに店を出ることになった。まだ日が沈むには早く、必要以上に温められた風が全身を包んでいく。

不意に、必死に目を背けていた不快感が胃の底から込み上げてきた。

「どうした、具合悪い？」

「いや、大丈夫」僕は何とか絞り出した。「ちょっと学校に忘れ物取り行くからさ、皆は先に帰っててくれる？」

三人の反応も待たずに自転車置き場へと走り、震える指先で何とか鍵を開けてサドルに跨る。口許《くちもと》を右手で押さえながら、僕は全速力でペダルを漕ぎ出した。

なるべく何も考えずに進み、一番近くにあったコンビニに辿り着く。鍵もかけずに自転車を駐車場の隅に放り投げ、僕は店内のトイレに駆け込んだ。

喉の奥からせり上がってくる不快感を堰《せ》き止《と》められず、便器の中へと盛大に嘔吐《おうと》する。胃の内容物を全て吐き出しても止まらない。胃酸が喉を焼いていくのを感じながら、涙で滲《にじ》んでいく視界に憤慨《ふんがい》しながら、僕は永遠に吐き続けた。

個室の扉がノックされる音で、僕はようやく我に返る。慌ててトイレットペーパーで口許を拭い、便器の後ろにあるレバーを押し込んだ。

張られた水に浮かんだ汚物が、渦を巻いて便器の中心へと吸い込まれていく。クラスメイトたちの笑顔や教師が向けてくる視線や過去の記憶やどうしようもない現実がそこに混ざり合って、哀れな道化を嘲笑《あざわら》ってくる。不愉快な哄笑《こうしょう》まで聴こえてくる気がしたが、こんなことにはもう慣れていた。

ノックの音が再び響く。扉の向こうにいる誰かは明らかに苛立《いらだ》っているようで、扉が叩かれる音はどんどん大きくなっていく。

僕は便器に唾を吐き棄て、もう一度水を流してから立ち上がった。


生活が地の底に沈んでいることを実感するのは、いったいどんな瞬間なのだろう。

それは掃除が行き届いていない玄関に足を踏み入れたときかもしれないし、無造作に散乱するブランド物の靴を踏まないよう慎重に歩いているときかもしれない。

とにかく僕は、毎日この家に帰ってくるたびに、生温《なまぬる》い虚構から醒《さ》めるような感覚に襲われるのだ。

周囲を警戒しつつ、明かりの点《つ》いたリビングへと向かう。さっき食べたラーメンは全て吐き出してしまったため、代わりに何かを胃に入れる必要があった。

「今日は早かったのね」

物音を立ててしまった僕に気付いたのか、灰村美咲《みさき》はテレビから目も離さずに呟いた。

奴が座るソファの前のテーブルには空き缶や宅配ピザの紙容器が散らばっており、深酒のせいで間延びした声には、当然のごとく非難の色が混じっている。

何も答えずにリビングを横切って、照明も点いていない台所を目指す。

冷蔵庫を開けると、一段分を埋め尽くすように詰め込まれた菓子パンの袋とミネラルウォーターのペットボトルが目に入った。どうせ全部同じ種類なので悩む必要もない。より消費期限が近いものを一つずつ手に取って扉を閉める。

そして僕はいつもの習慣として、封を開けられた形跡はないか、包装に穴は開いていないかを入念にチェックする。

「ちょっと。なに無視してんの？」

完全に密封され、工場から出荷されたそのままの状態の食べ物。菓子パンにもペットボトルにも、特に細工をされた形跡はないようだ。

「ねえ、親に向かってなんなの？　その態度は」

証拠を摑むことができなかったことは少し残念だが、これで安心して食べられるのも確かだ。それに、今はあいつが来ていないのも好都合。

「相変わらず気味が悪い。あんた、いったい誰の金で生きてられてると思ってんの？」

ヒステリックな金切り声が、脈打つ心臓の表面を撫《な》でていく。灰村美咲は僕の手の中にある菓子パンやペットボトルを、何か気味の悪いもののように見つめていた。

ふと、洗い場に転がっている包丁が目に入ってきた。

自然な流れで、目の前の中年女をどうやって殺すか考えてみる。別に実行に移すわけではない。頭の中だけで完結する種類の、極めて安全な想像だ。

不摂生で膨らんだ下腹に包丁を突き立てる。もしかしたら一回では死なないかもしれないので、念のため二回、三回と刺していく。それでも主要な臓器が傷ついていない可能性があるので、心臓や喉元にも同様の処置を施していく。

それでもまだ、この女の罪を贖《あがな》えるとは到底思えなかった。

「いったい何なの……何で笑ってるのあんた」

その言葉で我に返り、僕はようやく感情の激流を堰き止めることができた。

洗い場から必死に目を逸らし、父が生きていた頃の記憶を脳裏から振り払う。息を深く吸って吐いて、なんとか激情を鎮めていく。

部屋の外から聴こえてくる水音。

それを認識した途端に、背筋が急速に凍えていった。

奴がトイレに入っている可能性を考えなかった自分の愚かさを呪いつつ、僕は拳を固く握り締める。逃げるタイミングは完全に失した。近付いてくる足音に対抗する術を探してみたが、そんなものはどこにも転がっていない。

リビングの扉を乱暴に開けて、浅黒い肌をした金髪の男が闖入《ちんにゅう》してきた。

「なんだ、帰って来てたのか瑞貴くん」

刺青がびっしりと彫られた右手が、目の前に迫ってくる。

僕は身動き一つ取れなくなり、ただ無力に義母の共犯者を見上げるしかなかった。一目見ただけでまともな職業にはついていないことがわかるほど狂暴な気配を纏ったまま、金城蓮《きんじようれん》は僕の頭を乱暴に撫でてくる。

ネックレスは金色、いくつかの指に嵌《はま》った指輪も全て金色。品性の下劣さが全身から滲《にじ》み出《で》ているかのようだ。確か愛車の黒いワゴンには改造が施されている。車体の底に設置されたブラックライトが夜の路面を青く照らしているのだ。ここまで典型的だと、もはや笑い話としか言いようがない。

肉食獣のように光る双眸《そうぼう》は僕ではなく、その奥にある数千万円だけを見つめているに違いない。口許に軽薄な笑みが浮かんでいるのは、今まさに三年前の成功体験を思い出しているからだろう。

「また菓子パンか？　そんなのばかり食べてたら大きくなれないぞ」

「……いや、俺は別に」

「何言ってんだよ、俺たちと一緒に食べよう。酒だって開けていいし」

不自然なほど穏やかな口調とは裏腹に、金城の右手は僕を捕らえて離さなかった。

この表情だ。

この男の、本性を隠す気すらない張りぼての笑顔を見るたびに、僕は自分の人生が、自分のためにあるわけではないことを思い知る。

「……また今度でお願いします」

僕は全身の震えを必死に隠しながら、何とか声を振り絞った。

そのまま金城の手を払って廊下を抜け、階段を駆け上がっていく。自室に飛び込んで扉の鍵を掛けたところでやっと、自分がしばらく呼吸を止めていたことに気付いた。

「……はは」

笑いが独りでに零れてきたので、僕は慌てて口を押さえた。それでも、感情の伴わない笑い声が指の隙間からどんどん溢《あふ》れていく。

笑いが収まった頃には言い様のない絶望感がやってきて、全てを投げ出して消えてしまいたい衝動に駆られる。一秒後にはそれさえどうでもよくなって、全身の力が抜けていくのに身を任せて冷たい床に座り込んだ。

——要するに、これが僕の現実なのだ。

学校で友人たちとくだらない話題に花を咲かせ、バイト先の店長に良くしてもらっていても、ひとたび家に帰ってしまえば全てが嘘に変わる。外の世界で必死に纏っていた虚構が剝がれ落ち、自分が出荷の刻を待つだけの家畜であることを再認識する。

誰かがこれを聞けば、悲観的になった高校生の被害妄想だと笑うのだろうか。思春期特有の一時的な人間不信、あるいは強迫観念に憑《と》りつかれた哀れな子供だと断罪するのだろうか。

だが、灰村美咲と金城蓮が僕の父親を殺したのは事実だ。

警察にも保険調査員にも悟られない巧妙なやり方で、彼らは父を二千万円の死亡保険金に変換してみせた。

明確な証拠などはない。

だが、それでも僕は確信していた。

僕たち家族に近付いてきたときの灰村美咲の微笑が、食卓を埋め尽くす脂ぎった料理や酒瓶の数々が、自分はそれらに手を付けないあの女の冷静さが、まだ中学に上がったばかりの僕に向けられた醒めた視線が。

それらの悪意に満ちた事実の数々が、僕の確信を裏付けている。

これ以上考えても仕方がない。

どうせ父が帰ってくることはないし、この現実は変わらない。

窓から射《さ》し込《こ》む西陽《にしび》だけが頼りの薄暗い部屋の中で、僕は菓子パンの包装を破る。

「甘い」以外の感想をもたらさない小麦粉と砂糖の塊を口に含み、ミネラルウォーターで喉の奥に流し込む。無音の中で、黙々とエネルギーを補給していく。

少しするとそれにも飽きてきて、半分ほど残った菓子パンを袋ごとゴミ箱に放り込んだ。胃の中身を全て吐き出した後だというのに、僕はそれほど空腹を感じていなかったのだ。

灰村美咲と金城が揃《そろ》っている状況でシャワーを浴びるなど自殺行為だし、眠くなるまでは特にやることもない。僕はその場に座り込み、そっと目を閉じることにした。

瞼《まぶた》の裏に映し出されるのは、いつも同じ光景だ。

横にも上にも終わりが見えないほど巨大な灰色の壁の前で、僕は立ち尽くしている。両手で押してみても壁はびくともしない。何者かの気配が背後から迫っているのを感じるのに、なぜか振り返ることもできない。

それはまさしく終わりの光景だった。

視界を埋め尽くす灰色と、緩慢に近付いてくる足音に挟まれたまま、次第に意識がどこかへと沈んでいく感覚。この絶望にも似た何かに身を委ねてさえいれば、いつも簡単に眠りに落ちることができる。


部屋には時計がないので定かではないが、陽がまだ沈んでいないところを見ると、目を閉じていたのは一〇分にも満たない時間だったのだろう。

僕を現実に引き戻したのは、自室の扉がノックされる音だった。

ノックの音は少しずつ乱暴になり、ほとんど殴りつけているような勢いになっていく。

それでも問題はないはずだ。部屋に入ってくるときにしっかりと施錠したのを覚えている。

「馬鹿だなあ、瑞貴くん。お前はどこにも逃げられないの」

扉の向こうから嘲笑が聴こえてきたときにはもう、ドアノブのつまみが勝手に動き始めていた。

施錠したはずの扉がゆっくりと開いていき、薄紙のような笑顔を浮かべる金城と、その向こうで腕を組んでこちらを睨みつける灰村美咲が現れた。

「何で電気点けてないの？　相変わらず変な子だなあ」

後ろにいる義母が照明を点けると、金城の興奮した表情が露《あら》わになった。虫を殺す子供のように残酷な目で、僕を舐《な》め回すように睨みつけてくる。

「てか知らなかった？　こんな安いドアノブなんて、鍵穴に十円玉を入れて回すだけで簡単に開いちゃうの。まあ別に、もっと本格的な鍵でも破れるんだけど」

金城は口の端を吊《つ》り上《あ》げて言うと、開錠に使った十円玉をこちらに投げつけてきた。手を掲げて顔面への直撃を防いだ時にはもう、僕は胸倉を摑まれて強制的に立ち上がらされてしまった。

腹部への衝撃が、立ち向かう意思も、ここから消えてしまいたいという願望すらも打ち砕いていく。呼吸を断絶させて悶《もだ》える僕に嗜虐《しぎゃく》心を刺激されたのか、金城はさらに数発膝蹴りを加えてきた。

「ちょっと蓮、あんまり傷つけないでよ」

「大丈夫だって」

「虐待だと思われたら不利になるし」

「いやいや、ただの教育だから。それにこいつ高校生だろ。虐待もクソもねえよ」

金城は僕の顎を摑み、唾を飛ばしながら凄《すご》んできた。

「お義母《かあ》さんに黙ってバイト始めたんだって、瑞貴くん？　駄目だよ勝手にそんなことしちゃ。てかさ、俺の友達は町中にいるんだから。そんなのバレないわけないじゃん、頭悪いなあ。……で、さっき二人で話し合ったんだけど、今月から家賃を徴収することにしました」

「……え？」

「何その顔。心配すんなって、たった月三万だから。そのくらい余裕でしょ？」

僕がバイトを詰め込んでいる理由は、何が混入しているかもわからない義母の手料理など絶対に食べられないからだ。食費くらい自分で稼がなければ、父のように臓器を悪いものに侵され、肌を土気色に染めて病死してしまうからだ。

「待って……、勘弁してください。せめてもう少しだけ……」

「はは、反論する気なの？　俺らは瑞貴くんを愛してるから言ってあげてるんだけど。

ぶっ殺されたくねえなら大人しく従えよ。ああ？」

「ちょっと、蓮？」

「冗談だって。焦んなよ美咲。それに痣《あざ》はできねえようにやってるし」

「証拠が残んないならいいけど。ほどほどにね」

灰村美咲は痛めつけられている義理の息子ではなく、暴力を振るう愛人にのみ視線を向けている。その瞳に宿っているものが非難ではなく恍惚であることに気付いたときには、いよいよ反吐《へど》が出そうになった。

父が遺《のこ》した保険金を前提とした『愛に満ちた生活』を守るために、邪魔な息子を暴力で屈服させる金城と、少しの後ろめたさもなく心酔の表情を向ける灰村美咲。

いずれ、数千万円の死亡保険金に変換されていくだけの自分。

「なあ、いつまで痛そうなフリしてんの？」

「え？」

「こっちは冗談でやってるんだから、下手な演技はやめてくれよ。それと何度も言うけど、俺の友達は町中にいるんだからね。……まあ瑞貴くんならそんなことしないと思うけど、誰かに言おうとしたらすぐにわかるから」

金城は勝ち誇った表情でそう呟くと、僕を両手で突き飛ばした。尻餅をついて屈辱に耐える僕など見えてもいないように、悪魔どもは薄ら笑いとともに扉の向こうへと消えていく。

「……はは」

全てが茶番だと思った。

全てが、趣味の悪い作り話だと思った。

だって、そうじゃなければ辻褄《つじつま》が合わないじゃないか。

学校でクラスメイトたちと過ごす日々と、目の前に横たわる現実はあまりにも遠すぎる。もしこれが本当に現実なら、こんなに狂った話はない。

義母とその恋人の間にしか存在しない、あまりにも身勝手な『愛』のために、僕はいずれ殺されていくのだろう。だとすれば、ただ最期の瞬間を待つだけの空虚な生に、いったい何の意味があるというのだろうか。

納得のいく回答を、ずっと探し続けている。

2

どうやって家から抜け出したのかも、どれくらい進んできたのかもわからない。気付けば空は完全に血の色に染まっており、僕は馴染《なじ》みのない住宅街の一角にある小さな公園に辿り着いていた。

入り口付近に設置された時計の針は、ちょうど六時を指している。

恐らく走ってここまでやって来たのだろう、と他人事のように思った。疲労感がどっと押し寄せて全身を水浸しにしてくる。座って休憩したかったが、珍しいことにこの公園にはベンチが設置されていなかった。

視界の端で、ブランコが風に吹かれて揺れ動いているのが見えた。言語化できない感情に操られて、僕はそちらへと足を向ける。

そこでようやく、片方の木の板に先客が座っていることに気付いた。

夜を煮詰めたように昏い瞳と、夕陽に照らされて淡く光る黒髪、美しさよりも病んだ気配を強く感じる白い肌。制服姿の少女と、両腕に巻かれた包帯や左目を覆い隠す眼帯は、あまりにもアンバランスな組み合わせに見えた。

紅《あか》く染まっていく世界の中心で、逢崎愛世がこちらを不思議そうに見つめていた。

視線と視線が交錯し、断片的なイメージが泡のように浮かび上がってくる。

彼女に関する悪意に塗れた噂話《うわさばなし》の数々。

桃田やその取り巻きたちが浴びせる残酷な言葉。

教室の隅で何も言わず蹲《うずくま》っている後ろ姿。

絵筆を握ったまま凍り付いた右手。

それら全てを呑《の》み込《こ》んで、光の閉じた右目がこちらに向けられていた。

この状況で、僕はどんな表情を使うべきなのだろう。少なくとも、義母たちから逃げてきた今の表情が不適切なのはわかっている。クラスメイトと公園でばったり出くわした時は、もっと穏やかで、親しみやすさを感じられるような笑顔を作るべきだ。

ようやく、仮面を纏った言葉が喉の奥から絞り出される。

「うわ、びっくりした！　逢崎さん……だっけ？」

学校にいるときの演技に縋《すが》っていなければ、これ以上立っていられそうもない。そんな自分の弱さや軽薄さに嫌気が差しながらも、何とか無難な台詞《せりふ》を紡いでいく。

「家、この辺りだったんだ」

適切な表情と台詞だと思っていたが、逢崎愛世は何一つ反応を示さなかった。ブランコに揺られながら、こちらをただ見つめ続けている。

感情の読めない瞳の中心に吸い込まれそうになり、僕は言い様のない恐怖を覚えた。

必死に目を逸らし、この状況をただの茶番にするための言葉を探す。

「俺もちょっと散歩してたらここに辿り着いてさ。ごめん、邪魔したよね」

弁明を求められてもいないのに、自動化された言い訳が口を衝《つ》いて出てくる。

得体の知れない相手に、自分が気まずさを感じているだけならまだいい。しかし、もっと致命的な何かが鼓動を速めている感覚があった。

「なんか殺人事件とかも起きてるみたいだからさ、気を付けて……」

強引に締めくくることで、ようやく袋小路から抜け出すことができた。ぎこちない動作で手を振り、ブランコに背を向けて立ち去ろうとする。

そこで、氷点下の言葉が僕の心臓を射抜いていった。

「本当は何も感じてないくせに」

慌てて振り返ると、逢崎はまだ昏い瞳でこちらを見つめていた。よく見ると、彼女は笑顔に見えなくもない表情を浮かべている。僕は金縛りにでもあったように、目を逸らすことができなくなってしまう。

「私は知ってるよ？」

「……なにを」

「灰村くん、あなたが必死に普通を取り繕って生きてることを」

「ちょっと、いきなりなんの話？」

「教室で楽しく過ごしてるようでも、本当はいつも虚《むな》しいんでしょ？　自分から誰かに話しかけるのを見たことないし、誰かの名前を呼んでるのも見たことない」

「……あー、そういえば用事があったんだった。逢崎さん、またね」

「美術の授業のとき」

温度を伴わない言葉が、後ずさりしようとした僕を再び凍り付かせる。

「席が隣になったことがあったよね。あのときあなたは絵筆を握ったまま、ずっと周りの人が描いてる絵ばかり気にしていた。おかしいよね、自分のキャンバスは目の前にあるのに。あれって、何を描けばいいか本当にわからなかったからでしょ？」

『愛』をテーマにして、自由に絵を描いてください。

クラスメイトたちが思い思いに描いていく家族や恋人の風景。

隣にいた逢崎の、残酷なほどに白いままだったキャンバス。

それを見て密《ひそ》かに安堵した自分。

あのとき、絵筆を握ったまま凍り付いていたのは僕も同じだったのではないか？

「あれを見て確信しちゃった。この人は『愛』を想像することができないんだって」

「……違う」

「ねえ、なんでそんなことがわかると思う？」

僕の拒絶を無視して、逢崎は決定的な言葉を吐いた。

「私も同類だから。……私もあなたと同じように、愛なんてものを信じられない」

不意に強い風が吹いて、長い前髪に隠れていた逢崎の顔が露わになる。

彼女の頰には殴られた痕のようなものがあった。首元にも似たような青痣が薄く滲んでいる。ブランコの鎖を握る手首には、目を凝らさないとわからないほど細い線がいくつか走っていた。

そこで初めて気付いた。

よく目立つ眼帯や包帯は、そういった傷とは全く関係のない部分を保護していたのだ。それはとても異常なことのように思えた。

僕は、自分が奇妙な感覚に襲われていることに愕然《がくぜん》とした。

それはまさしく、あの美術の授業のときに感じたものと同じだ。

今なら鮮明に思い出せる。

僕はキャンバスの前で呆然とする少女を通して、自分自身を見つめていた。

学校における立ち位置も、生きてきた境遇も違うはずの逢崎と対峙《たいじ》したとき、僕はどうしてか、鏡を覗いているような錯覚に襲われたのだ。

運命、という陳腐な単語が脳裏を過ぎる。

それを否定しなければならないことくらいわかっているのに、己の意思に反して、僕は隣の木の板に腰を下ろしてしまう。

「私ね、すごく父親に愛されてるの」

錆《さ》びついた鎖が奏でる不協和音を背景に、逢崎の独白は続く。

「三年前に母が病死した頃からかな。父は私が健康体なのを綺麗《きれい》さっぱり忘れてしまったみたい。不必要な薬を毎日服《の》ませてくるようになったし、だんだん症状がエスカレートして、気紛《きまぐ》れで学校を無理矢理休ませるようにもなった」

「じゃあ、中学の時に留年したっていうのも……」

「うん。だって父親にとって私は病弱で、不幸で、親がいなければ何もできないほど愚かな子供だったから。私がもう外の世界には耐えられないって設定を突然思いついて、あいつは私を一年間も家の中に閉じ込めた。眼帯や包帯をつけるよう強制されたのもその頃からだよ。ずっと家にいて、怪我なんかするわけがないのに」

逢崎は風で乱れた前髪も直さず、無抵抗にブランコに揺られていた。

「設定上は父の『愛』のおかげもあって一年間で回復したんだけど、そんな奇妙な人間が学校でどんな扱いを受けるのかはわかるよね」

桃田たちに囲まれているとき、逢崎はただひたすらに無反応を貫いていた。反抗も反論もせず、殺意を伴った言葉が自分を貫いてくるのを他人事のように眺めていた。

今ならその理由がわかる。彼女の昏い瞳が、確かに真実を叫んでいる。

際限のない暴力に晒されたとき、それに到底立ち向かうことができないと悟ったとき、人は自らの心を閉じてしまうのだ。

そうしなければ、きっと、大切な何かが不快な音を立てて壊れてしまうから。

「……父親はいじめから守ってくれないのか？」

「まさか」逢崎は喉の奥で笑った。「あいつは不幸な娘に献身的に愛情を捧《ささ》げる自分自身に酔ってるだけだよ。私が不幸になればなるほど愛を証明できるから、学校でいじめられてる方が好都合なんだ」

「狂ってるな」

「ほんとそうだね。子供が傷つけられることを望む親なんて、頭がおかしい」

学校からの帰り道、クラスメイトたちは「いじめられる方に原因がある」と逢崎のことを切り捨てていた。常に包帯や眼帯を着け、誰とも一言も喋らないような不気味な女が攻撃を受けるのは当然だと、簡単に笑っていた。

彼らがもし今の話を聞いたら、どう感じるのだろうか。

長い前髪に隠れた青い痣を見つけたら、どんな反応を示すのだろうか。

逢崎が置かれている現実に同情するのだろうか。

それとも悲劇に目を背け、すぐさま別の話題に切り替えるのだろうか。

誰々と誰々が別れたとか、誰々と誰々が誰々を取り合って喧嘩したとか、駅前に最近できた変わり種のラーメン屋の話とかに。

少なくとも、逢崎が彼らの反応を試すことはないだろう。

誰かに同情を向けられたところで、今更何も巻き戻せはしないのだ。

「その痣は父親に？」

「うん。服の下はもっと酷《ひど》いよ」

「それも愛を証明するためか？」

「ああ、これはただの罰。父親の言いつけを破ってしまったら、納屋で指導を受ける決まりになってるの」

「誰かに助けを求めないのか？」

「一度も試さなかったと思う？」

そう答えた逢崎は、ひどく疲れた表情をしていた。外に助けを求めようとした彼女がどんな報いを受けたのか、それによってどれほどの恐怖を刻み込まれたのかを推し量るには、それだけで充分だった。

「この様子じゃ、いつ殺されてもおかしくないな」

「……あはは、もう手遅れでしょ」

逢崎はブランコに揺られたままこちらを振り向いた。

「私はもう、あいつの愛に殺されてる」

逢崎の昏い瞳に、同じようにブランコに揺られる僕が映っていた。

仮面を脱ぎ捨てた自分からは感情が完全に消え失せており、学校で皆に見せている虚像とはかけ離れている。世界には祝福すべきことなど何一つないとでも言いたげな表情に見えた。

「灰村くんは？」逢崎は休日の趣味でも訊《き》いてくるような口調で言った。「あなたは、どんな地獄に囚《とら》われているの？」

この期に及んで、答えるのを躊躇《ちゅうちょ》している自分がいる。

全てを口にして真実にしてしまうことが怖かった。秘密は秘密のままで、悪い冗談は悪い冗談のままで留《とど》めておきたかった。自分を取り巻く環境がまともでないと誰かに知られてしまったら、これまで必死に塗り重ねてきた演技が意味を失ってしまう。

きっと、それ以上の恐怖はない。

「……小五のとき」

必死の制止を振り切って、言葉が外の世界へと連れ出されていく。ここで止めなければならないことくらい充分わかっているのに、口と声帯が僕の意思とは関係なく動いている。

「実の母親が病死したんだ。一年くらい前から入退院を繰り返すようになって、最後の何か月かはずっと病院のベッドの上で寝たきりだった。名前も知らないような親戚が勢《せい》揃《ぞろ》いして、息を引き取る瞬間を皆で見守ったよ」

逢崎が静かに頷いたのを見て、僕は続ける。

「それでも、残された父親と僕は何とかうまくやっていたと思う。必死に働いて自分を育ててくれた父親には、本当に感謝してる。……ただ、父が再婚してから全てが変わってしまった」

「……それで、どうなったの？」

永遠を煮詰めて凝縮したような時間が流れ、僕と逢崎の視線が交錯する。

世界は橙色の光に満たされているのに、逢崎の瞳は嘘のように昏いままだった。

今、この瞬間が帰還不能点だ。

ここから先を続けてしまえば、もう引き返すことはできなくなるだろう。

内側に留めていたはずの物語は現実に染み出して、取り返しのつかない方向へと広がってしまうかもしれない。

それでも僕は、全てを話さなければ、と思った。

理由もわからないまま唐突に思った。

今ここで、偽りのない真実を打ち明けなければならない。

「最初のうちは平和だったはずだ。僕はまだ中学にも上がってない子供だったし、義母の演技も完璧だった。おかしくなったのは、再婚から一年が経ってからだ。父の体調は少しずつ悪化して、インスリン注射なしでは生きられない身体《からだ》になってしまった。それに比例するように、あの女が僕に向ける目もどんどん冷たくなっていった。父親が入院して……余命宣告が出たとき、あの女の声は確かに弾んでたよ。今になってみるとだけど」

なぜここまで全てを曝《さら》け出《だ》しているのか、自分でもよくわからなかった。言って気持ちが楽になるわけでも、これで何かを取り戻せるわけでもないのに。

逢崎は少し考えた後、慎重なトーンで呟いた。

「その女が、お父さんに何かしたんだ」

「一度だけ、あいつが晩酌の酒に何かを入れているのを見たことがある」

「薬を盛ってたってこと？」

「たぶんそうだ。……でも僕はまだ人の悪意に鈍感だったから、あのときの義母の行動の意味なんてわからなかった。それこそ、父親の死亡保険金が義母の口座に振り込まれたときにやっと気付いたくらいだし」

「……保険金殺人」

「共犯者もいる。義母の愛人……父の葬儀の三日後に家に転がり込んできた前科者が、義母と手を組んで父を殺したはずなんだ」

「警察には言わないの？」

「だって証拠が何もない。ただの病死として片付けられたよ」

「……もしかして、あなたも狙われてるの？」

鎖が軋む音が止《や》んだ。

逢崎は首だけを動かしてこちらを見つめている。彼女の瞳の奥にある感情は相変わらず読めなかったし、僕が必死に隠してきたはずの致命傷を明かしている理由もわからなかった。

橙色に染まる公園で逢崎と出会ったという偶然に唆されたからなのだろうか。あるいは、西陽の眩《まぶ》しさが正常な思考を妨げているからなのかもしれない。確かなことがあるとすれば、今自分が奇妙な安堵に包まれているということくらいだ。

もしかしたら僕は、地獄を共有できる誰かを探し続けていたのだろうか。

「……具体的な時期はわからない。あと一年か、それとも半年……いや、もっと短いのかもしれない。でも、近いうちに父親が遺した保険金が底をつくのは間違いない。そのくらいあいつらの生活水準は落ちてきてる。そうなったらもう、僕はいよいよ殺されるんだと思う。次の死亡保険金のために」

「他人事みたいな言い方」

「ああ、もっと深刻に言った方がよかった？」

「深刻な話ではあると思うよ」

「でも、このくらいよくあることだろ」

「うん。笑えるくらいにありふれてる」

逢崎は実際に、喉を仰《の》け反《ぞ》らせて笑った。

涙すら流しながら笑った。壊れたように笑い続けた。

感情が含有されていない笑いが一通り収まった後、彼女はゆっくりと立ち上がる。

「じゃあさ、灰村くん。あなたも愛に殺されてるってことだ」

あの平穏な教室の中に、冗談のような現実に囚われている人間がここにもいた。

僕は不思議な高揚感を覚えた。逢崎の横顔にも、やはり似たような感情が染み出しているように見える。

逢崎は公園の時計を一瞥《いちべつ》したあと、こちらに手を伸ばしてきた。

「ねえ、私についてきて」

「どこに行くの？」

「……いいところ」

西陽が逢崎の顔を真横から照らし、強烈な陰影を作り上げている。眼帯に覆われていない右目が影の中に呑み込まれて、彼女の表情が一気に読み取れなくなった。

頭の中で鳴り始めた警報。

しかし僕はそれを、平然と無視することにした。

逢崎愛世は、僕と同じ現実を生きている。尋常な世界との乖離《かいり》に打ちのめされながら、親の身勝手な『愛』に殺される瞬間を待っている。
そんな二人が、悪い運命に唆されて出会ってしまったのだ。
彼女の誘いを断る選択肢などあるはずがなかった。

3

駅前の寂れた商店街を二人で歩いていく。

一本脇道に逸れてしまうとほとんどの店のシャッターが閉まっており、人の気配もまばらになってきた。

九月上旬なのでまだ外は充分明るいとはいえ、永浦市は九州北部の地方都市の例に漏れず、あまり治安のいい土地とは言えない。それこそ、こういう路地裏には金城のような人種が吹き溜《だ》まっている可能性がある。

それでも逢崎が奥へ奥へと進んでいくので、流石に問い掛けてみた。

「なあ、いったいどこまで歩くんだよ」

「もうすぐ着くから」

つまるところ、僕はほとんど自暴自棄になりかけていた。向かった先で逢崎に何をされても、どんなに怪しいものを売り付けられても、すべて受け入れるつもりでいた。

もう使われていない駐車場を抜け、廃墟《はいきょ》を幾つか通り過ぎた先に、ようやくその建物が見えてきた。

三階建ての商業ビル、といったところだろう。

一階部分のほとんどは駐車場で、道路に面した出入口から階段を昇ることで二階の事務所に入れる仕様になっている。

ただテナントが入っていたのは随分昔のことのようで、軽量コンクリートの外壁は荒れ果て、窓ガラスのいくつかは割れ、至る所に蜘蛛《くも》の巣《す》が張られていた。一応立ち入り禁止になっているらしく、敷地《しきち》の前には黒と黄色で色分けされたロープが申し訳程度に張られている。

「こっちに来て」

逢崎はロープを跨《また》いで駐車場の中に入っていった。低い天井は今にも崩れ落ちてきそうなほどに不穏な気配を放っているが、彼女は構わず進んでいく。

逢崎が立ち止まったのは、駐車場の右隅にある金属扉の前だった。

恐らくあれは、ゴミか備品を保管していた倉庫だろう。うらびれた廃墟の中にあっても、そこだけが更に湿気を帯びているように思える。

相変わらず、頭の中では警報が鳴り響いていた。

「桃田が焚《た》き付《つ》けた他校の男子たちから逃げてるときに偶然見つけたの。夏休みが始まる前日だから……八月六日とかだったかな」

さらりと衝撃的なエピソードを話しつつ、逢崎は扉に手をかけた。

「ちょうど鍵が壊れてたから、この中に入ってずっと隠れてた」

金具が軋む不快な音とともに、金属扉がゆっくりと開いていく。

当然だがビルに電気が通っているはずはなく、倉庫の中は薄暗かった。奥の方に至っては、完璧な闇に塗り潰されてしまっている。

「どうしたの？　灰村くんも入ってきてよ」

「……言っとくけど、いきなりそんなつもりは」

「何を勘違いしてるのか知らないけど……見せたいものがあるの」

学校にいるときは一言も発しない逢崎が、目の前で悪戯《いたずら》めいた表情を浮かべている。

違和感を覚えないはずがない。僕は充分に警戒しつつ、逢崎の手招きに従って倉庫の中に入っていく。

埃《ほこり》臭い内部はがらんとしており、撤去し忘れた箒《ほうき》や段ボールが転がっている以外におかしなところは何もない。

いや、目を引くものが一つだけあった。

倉庫の中央に無造作に置かれている、長方形の物体。

よく見るとそれは、高級な菓子が入っているような底の浅い空き缶だった。逢崎はスカートを押さえながらしゃがみ込むと、空き缶の中から何かを取り出した。

「……絵日記？」

逢崎が渡してきたのは、小学生の夏休みの宿題で使われるような絵日記帳だった。表紙を飾るひまわりの絵や、ひらがなだけで構成されたタイトルは、この不穏な空間にはあまり似つかわしくない。

怪訝《けげん》に思いつつページをめくっていく。

各ページにはやはり小学校低学年が描いたような汚い絵が並んでおり、その下の本文もひらがな混じりの汚い字で綴《つづ》られていた。朽ち果てた廃墟に隠されていたにしては、何の変哲もない絵日記だと思う。状態がかなり良く、箱に埃が被《かぶ》っていないことからも、長年放置されていたわけではないことがわかる。実際、裏表紙の『使い始め』の欄には今年の八月一日と記されていた。

ただ、奇妙な点もいくつかある。

第一に、描かれている日常は小学生のものとしては少し不自然だ。

鍔《つば》が小さい黒い帽子を被った子供（おそらくこれを書いた本人だろう）が、どこかに出かけて誰かを観察しているようなページが多数を占めている。まるで、仕事に疲れたサラリーマンの休日でも覗いているようだ。

そして何より奇妙なのは、本文の右側にある日付欄だった。今日の日付である『九月一〇日』のページが既に記入されているのはまだいい。ただ、それ以降のページにも黒い帽子の子供の日常が描かれているのが不気味だった。

つまりこの絵日記には、未来に起こるはずの出来事が記されているのだ。

「……まさか、これが予言書だって言いたいのか？」

「そんなわけない」

「だよな、これは手の込んだ悪戯だ。……逢崎、これはお前が書いたのか？」

「私の字はここまで汚くないよ」

逢崎は絵日記を僕の手から掠《かす》め取《と》り、例の悪戯めいた表情を浮かべた。

「二週間前に起きた殺人事件について、あなたはどれくらい知ってる？」

最初、彼女が何を言っているのか聴き取れなかった。質問の内容があまりにも飛躍しすぎていて、うまく意味を掬うことができなかったのだ。

頭の中の警報が大きくなっていくのを感じながら、僕は辛《かろ》うじて答えた。

「報道されてる情報しか知らないけど……。確か被害者は大学一年生で、金髪の子で、二組の山村さんの幼馴染で、南永浦駅の外にあるトイレで首を絞められてた」

「じゃあ、このページを見て」

逢崎がこちらに向けてきたページに、僕は目を通した。

八月二五日（日）
わたしが駅の前に立っていると、かいさつから女の子が出てきました。だけど、あまり金ぱつが似あってなかったので、ちょっとおしえてあげることにしました。

トイレで少しはなしたらわかってくれたので、いいことをした気分になりました。

不可解な内容ではあるが、本文には不審と言えるほどの違和感はない。

問題があるとすれば、それは絵の方だった。

帽子の子供がドレスを着た女性に話しかけている絵、のように見える。線路や踏切《ふみきり》らしきものが描かれているので、舞台はどこかの駅前で間違いない。そして、帽子の子供の単純化された右手の先には、曲がりくねった太い線のようなものがあった。

全身が鳥肌立った。

黒一色で描かれた汚い絵なのでわかりにくいが、女性に話しかけている帽子の子供は後ろ手にロープを隠し持っているように見えないか？

「二週間前の事件をモチーフにした日記……ってことか？」

女子大生が殺された正確な日時までは覚えていないが、確か二週間ほど前から永浦市内に警官が増えてきた気がする。絵や本文に書かれている内容も報道と一致する部分が多い。

どちらにせよ、この絵日記が悪趣味な代物ということは間違いないだろう。

「逢崎、これはいったい……」

「たぶん」逢崎は恐ろしいほど淡々と言った。「連続殺人鬼は、この絵日記に書かれた内容に従ってターゲットや手口を決めてるんだよ」

「待てよ、なんでいきなりそんな話になる？　これは事件をニュースで見た奴が遊び半分で作ったおもちゃだろ」

「事件が起きる前から『八月二五日』のページはあったよ。予知能力なんてものはあるはずがないから、誰かが絵日記の内容を現実にしたとしか考えられない」

「逢崎、お前が八月六日に絵日記を見つけた証拠は？」

「それは、信じてもらうしかないけど」

「……ちょっと待って」そういえば、見過ごしてはいけない言葉があった。「連続殺人鬼ってどういうことだ？　あの女子大生以外に、殺された奴がいるってことか？」

「今から三日前……『九月七日』のページを開いてみて」

心臓の鼓動が速くなる。手足の先が冷たくなってくる。

頭の中で響く警報は、もはや明瞭な言葉になって僕を制していた。

――今すぐ絵日記なんて放り投げて、ここから逃げ出してしまうべきだ。

それでも抗いようのない力が理性を喰《く》い破り、両手を操って絵日記を開かせていく。

見てはいけないとわかっているのに、瞼を閉じることもできなかった。

九月七日（土）

夜の道をさんぽしていると、おじさんが田んぼにむかっておしっこをかけているのを見かけました。まわりの人も困っているみたいでした。

わたしが勇気を出してちゅういするとおじさんもわかってくれたので、とてもうれしかったです。


本文を要約すると、帽子の子供が田んぼで立ち小便をしていた男を注意したという内容になる。黒一色の絵の方には、看板が立ち並ぶT字路に面した場所で、金槌《かなづち》のようなものを持った子供が背後から忍び寄っている場面が描かれていた。

僕は弾《はじ》かれたように、過去のページを、そして未来の日付が書かれたページをめくっていく。一ページめくるたびに体感温度が下がり、冷や汗が頰を伝っていく。

全てではない。もちろん全てではないが、ほとんどのページで、帽子の子供が凶器らしきものを手に持って誰かに近付いている様子が描かれていた。

その事実に気付いてしまえば、子供が誰かに話しかけているという退屈な内容が、全く別の意味を帯びてくる。

「本文の最後に赤いペンで花丸が描かれてるページがあるでしょ？　まだ確証はないけど、目的を達成したら花丸を描くことになってるのかも」

慌てて女子大生が殺された『八月二五日』のページに戻ると、逢崎の言った通り、本文の最後に赤い花丸が描かれていた。花丸の下には小さな字で「南永浦駅構内の公衆トイレで実行」と記されている。『九月七日』のページに進むと、「山宮《やまみや》交差点付近にて実行」という走り書きが添えられた花丸が、やはり本文の最後に咲いている。

どうやら、他のページの末尾には全て赤ペンで小さくバツ印が書かれているようだ。それらの日には目的を達成できなかったということだろうか。

「私が知る限り、『九月七日』に作られた死体はまだ見つかっていない。灰村くんはどう？　ニュースとかでやってた？」

「……いや」

「じゃあ、あとは簡単だよ」逢崎はあまりにも簡単に言った。「山宮交差点に行けば、ここに書かれてることが本当かどうか確かめられる」

絵日記に関する推測の真偽は、現時点ではまだわからない。それこそ、『九月七日』のページにある交差点に行ってみるまでは。彼女の言う通りだ。

それに、全てが逢崎の作り話という可能性もある。

だが、だとしたら何のために？

「……絵日記の内容を元に殺人が行《おこ》なわれてるとして、それが本当に事実だとして、犯人はなんでわざわざこんな回りくどい方法で記録を残すんだ？」

「たぶん、〈記入者〉と〈実行犯〉は別にいると思う」

「何でそうなる？」

「絵日記の本文と、花丸の下の走り書きは筆跡も文体もまるで違うでしょ。それぞれを別人が書いたとしか考えられない。だからたぶん……〈記入者〉が二人にしかわからない方法で殺人の指示を出して、〈実行犯〉がその通りに仕事をこなしてるんだよ」

「何それ、委託殺人ってこと？　それにしては……」

「それにしては、殺してもメリットがなさそうな相手ばかり」

「……そう。そうだよ、この絵日記には殺す日時とシチュエーションしか書かれてない。まるで、条件に当てはまる相手なら誰でもいいみたいだ。金が目的の殺し屋とかが犯人なら、そんなことはありえない」

「〈記入者〉と〈実行犯〉の間にお金のやり取りはないと思う。だってほら、この絵日記は八月一日から始まってるのに、今のところ成功したのは『八月二五日』と『九月七日』の二回だけだし。条件に合う相手が見つからなければ、その日の殺人もなしってことだよ」

「……つまり、どういうことだよ」

「犯人たちはたぶん、殺す相手なんて誰でもいいんだよ。ただ人を殺せればそれでいい。この絵日記も、たぶんゲーム感覚でやってるだけだと思う」

つまり、これまで殺された女子大生も、田んぼで立ち小便をしていた男も、たまたま絵日記に書かれたシチュエーションに当てはまっていたから殺されただけということになる。もし何か一つでも運命がずれていれば、彼ら彼女らはまだ平穏な日々を送っていられたのだ。

もし逢崎の推測が当たっているのなら、犯人たちは間違いなく異常者だ。金のためではなく、ただ自分たちの快楽を満たすために人を殺す悪魔。だとしたら、今僕たちがこの場所にいるのは危険なのではないか？

「逢崎、早くここを離れた方が」

「あれ、信じてくれたの？」

「まともな動機もなく人を殺す奴らだぞ。見つかったら僕たちも……」

「大丈夫。この時間に誰かが来たことなんてないから」

「……ならいいけど」

不意に、薄暗い倉庫の中から言葉が消える。逢崎は眼帯に覆われていない方の目で、僕をじっと見つめていた。

「通報しよう、って言わないんだね」

静かに呟いた逢崎を見て、僕は、今の状況ならまず通報しようとするのが普通なんだな、と思った。

「……警察に届けるにしても、まだ証拠が足りないだろ」

「嘘ばっかり」

「違う、嘘じゃない」

「だって、本当はどうでもいいんでしょ？　あなたの知らないところで誰が殺されようと、何の関係もないと思ってるくせに」

「……そんなことは」

まともな反論が思いつかないのは、逢崎の指摘が図星だからではないだろうか。

被害者たちに同情し、警察に届け出て事件の早期解決を望むのが人間としてあるべき行為なのだろう。そのくらいはわかっている。

だが、指摘されるまで思いつきもしなかった時点でもう手遅れなのではないか？

僕が恐怖すべきだったのは、自分たちが襲われる可能性についてではなく、人々の生命を脅かす異常者が野放しになっていることについてだったのではないか？

今更気付いたところで、もう何かを取り繕うことはできない。

「別に責めてるわけじゃない。私も同じ気持ちだから。……むしろ私たちが考えるべきなのは、この絵日記をどう利用するのかだけ」

「……利用」

「絵日記にはターゲットを探すときのシチュエーションが書かれているでしょ？　だったら、次のターゲットを殺人鬼の前に差し出してあげることもできる」

「なあ、何を言って……」

「そうすれば、手を汚さずに邪魔な人間を排除できる」

排除。

僕は頭の中でその二文字を反芻《はんすう》した。

「殺したい人間を上手く誘導して殺人鬼の目に留まらせるだけでいいんだよ？　ナイフもロープも使わなくていい。この絵日記を利用すれば、法に触れることすらなく人を殺すことができる」

「もういい、逢崎」

「ねえ、灰村くんはどう思う？　お互いに、殺したい人間は山ほどいるでしょ？」

病院のベッドで衰弱していく父の姿。大量の保険金を手にして高笑いする義母と愛人。身勝手な愛を囁《ささや》き合う二人。底をつき始めた保険金。義母の作るおぞましい料理。毎日同じ種類の菓子パン。白紙のままの進路希望調査票。愛という地獄に囚われ、終わりの刻を待つだけの日々。痛いほどに加速していく心臓の鼓動。

この絵日記はもしかすると、一発逆転の切り札になり得るのではないか？

今はとにかく、根拠が欲しい。

絵日記が逢崎の推測通りの代物であるという根拠が。

愛を撒《ま》き散《ち》らす悪魔たちを殺してもいいと思えるだけの根拠が。

七時頃には逢崎の父親が帰ってくるという理由で、僕たちは慌てて解散することになった。時刻はまだ六時半にもなっていなかったが、逢崎の家はここから少し遠く、今から帰らないと間に合わないらしい。結局、明日の放課後に例の公園で返事を伝えるという運びになった。

このあと僕が取るべき行動は決まっていた。

一度家に寄って自転車を取ってきてから、『九月七日』のページに記されていた山宮交差点へと向かう。地図アプリを頼りに交通量の少ない県道をしばらく進んでいると、世界は少しずつ紫色に染まっていった。太陽はもう山の向こうに隠れており、橙色の残《ざん》滓《し》が僅かに滲んでいる程度だった。

目的地までの距離は思っていたよりも遠い。この田舎町で連続殺人をやるとなると、もはや車かバイクは必須だろう。絵日記での『わたし』は子供の姿をしていたが、少なくとも免許を取れる年齢であることは間違いない。

街灯もまばらな道を二〇分ほど進むと、大量の照明に照らされている場所が目に入ってきた。周囲にはほとんど田んぼしかないため、T字路の合流地点に設置された看板の群れだけが薄暗闇に浮かび上がっている。

地図アプリで確認すると、ここが山宮交差点で間違いないようだった。絵日記に描写されていた風景とも一致する。

適当な場所に自転車を置いて周囲を捜索する。蛙《かえる》とコオロギの合唱や、茂みを掻《か》き分《わ》けるたびに鼻を刺す青臭さに浸されていると、自分が今死体を探していることの現実味がなくなってくる。それでもスマートフォンのライトで茂みの奥を照らしながら、時間も忘れて捜索を続けた。

しばらく経ったあと、いきなり手の中で何かが振動した。

思わず声を上げそうになったが、その正体はメッセージアプリの通知だった。僕はため息を吐きながら、クラスメイトからの他愛もないメッセージに返信する。漫画のキャラクターが描かれたスタンプが返ってくるのを見届けてから、再び死体を捜索する作業に戻った。

夜九時を回った頃には、もう流石に絵日記の真偽を疑い始めていた。

逢崎の推理が間違っているのか、それとも単に僕を騙《だま》そうとしていただけなのか。そこにメリットがあるようには思えなかったが、こんな場所に死体が転がっているということの方が信じ難《がた》い話だ。

そろそろ引き返そうと踵《きびす》を返《かえ》したとき、視界の端に異物を見つけた。ライトを反射して光る何かが、少し先の茂みの中に隠されている。

僕は速度を増した鼓動とともに走った。

その何かに近付くにつれ、不適切な感情が込み上げてくる。

それはまさしく高揚感だった。

罪もない誰かが殺されたかもしれないという状況に、僕は確かに興奮を覚えている。

背の高い雑草が生い茂る斜面に倒れていたのは、青いトレーニングウェアを着た中年男性だった。

それが泥酔者ではないとわかったのは、周囲を漂う腐敗臭や飛び回る蝿《はえ》の群れ、そして後頭部から溢れて既に凝固している血液だった。

通報するべきだ。

頭のどこかに、そんな綺麗ごとを叫ぶ自分がいる。

一方で、もし絵日記を利用して義母たちを殺すつもりなら、ここは口を噤《つぐ》んでおくべきだということもわかっていた。

『八月二五日』の一件とは手口がまるで違うとはいえ、警察が同一人物の犯行だと疑う可能性もなくはない。見つかる死体の数が増えれば、それだけ犯人に結び付くような手掛かりも増えるはずだ。

これから死体の腐敗が進めば通行人に発見されるのも時間の問題かもしれないが、自ら通報して時の針を進めるのは悪手だろう。

車が通っていないタイミングを見計らって斜面を駆け上がり、自転車に飛び乗る。死者による無言の断罪を背中に浴びながらも、後ろは一度も振り返らなかった。

頭の中は期待と興奮で満《み》ち溢《あふ》れていた。

◆

六限までの授業も、友人たちとの会話も、もはや何一つ頭に入ってこなかった。自我が現実から剝離したまま、教室での日常が流れていく。

無為な時間を過ごしながら、思い浮かべていたのはいつもの光景だ。眼前に聳《そび》える灰色の壁。その前で立ち尽くしている自分。後ろから迫り来る誰かの足音。

周囲を見渡すと、同じ壁に手をついている誰かの姿が見えた。

ここからでは距離が遠すぎるため、その顔を確認することはできない。

ただ、それが誰なのかは流石にわかっていた。

「灰村、ちょっといいか?」

低い声で現実に引き戻される。

教室の扉から身体を半分だけ出して、担任の宮田が手招きをしている。慌てて周囲を見渡すと、もう終礼が終わってクラスメイトたちが引き上げ始めているところだった。

時間感覚の矛盾に、僕は呆然としてしまう。

教室を見渡して逢崎の姿を探す。彼女はもう荷物をまとめ終わり、扉の向こうへと消えていこうとしていた。

今すぐにでも追いかけたかったが、ここで担任教師を無視してしまうのは得策ではない。宮田の後に続いて、大人しく職員室へと向かうことにした。

用件は予想した通りのものだった。

宮田は熱意の籠った表情で、今の僕の成績で目指せる国公立大学のリストや、それらの大学で授業料免除が適用される条件や、低金利で借りられる奨学金制度などについて詳しく説明してきた。

大方、今朝提出した進路希望調査票の内容が気に喰わなかったのだろう。確かに進学校に分類される永浦西高で、二年生の時点で『就職』を進路に選ぶ者はあまりいないはずだ。

「義理のお母さんに遠慮してるのか？　だとしたら俺が説得してやるし、お前は自分のやりたいことだけを考えればいい」

「いや、自分の意思ですよ」

「俺も父子家庭だったから、他の先生よりはお前の気持ちを分かってあげられるつもりだ。いいか、子供が余計な気を遣う必要はない」

「遠慮してるとかじゃなくて、ただ勉強したくないだけです」

「灰村、あのな……」

「まあ、恥ずかしい話ですけどね。それに、後でどうしても行きたくなったら、働きながら夜間大学とかに通えばいいし」

「……とにかく、もう一度ゆっくり考えろ。水曜日なら俺も部活は休みだし、じっくり相談に乗ってやれる」

「大丈夫です。これがゆっくり考えた上での結論なので」

これで話が終わったことを表明するため、簡潔に礼を述べて職員室を飛び出した。

宮田はいい教師なのだろう。複雑な家庭環境の教え子の将来を案じ、様々な選択肢を提示してくれる、教師の鑑《かがみ》のような人間だ。四十がらみの義母はおろか、五つ年下の愛人である金城より若いにもかかわらず、まともな人間として充分に完成されている。

だが僕には、彼が提案してくる未来に現実味を感じることができなかった。

絵画の素養がない人間に抽象画の素晴らしさが理解できないのと同じだ。自分が奨学金を借りて大学に通う姿をどれだけ想像しようとしても、頭の中に靄《もや》がかかって思考が掻《か》き消《け》されてしまうだけ。希望を絵空事としか思えない人間には、あんなに手の込んだ資料さえも意味をなさない。

未来が塞がれていることを知りもせず、中途半端な希望を提示してくる担任教師を、僕はお門違いにも恨んだ。

もちろん、僕の現実がこうなのは担任教師のせいなどではない。そんなことはわかっている。

そうだ。排除すべき障害なら別にあるじゃないか。

僕は制御の効かない高揚感とともに、喧騒に満たされた校舎を後にする。


ブランコに揺られながら三〇分ほど待っていると、包帯や眼帯で身体を覆った女子生徒が歩いてきた。相変わらず、長い髪の隙間から覗く傷痕や痣はまるで保護されておらず、白い布が張りぼてでしかないことを一秒ごとに思い知らされる。

逢崎愛世は、相変わらず感情の読めない表情で僕の前を横切り、隣の木板に腰を下ろした。

「遅かったな。先に教室を出てたのに」

「携帯を家に置いてから来たの。ＧＰＳが付けられてるから」

「逃亡犯みたいな発想だな」

「実際、まっすぐ家に帰ってないのがバレたら殺されちゃうからね。まして、男の子と一緒にブランコに乗ってるところなんて見られたら」

「別に、僕たちはただの他人だろ」

「あなたはあいつの誇大妄想を甘く見てる。……灰村くんこそ、担任と何話してたの？

呼び出されてたでしょ？」

「……大学に行けって勧められただけだよ」

「へえ、どうするつもりなの？」

「高校卒業まで生きてられるかもわからないのに、受験勉強なんかしてられねえよ。わかってて訊いただろ」

「はは、バレた？」

「悪趣味だな。だいたい、進学して地元を離れても意味ないよ。あの二人が生きてる限り、保険金のために殺されるリスクはなくならない」

「むしろ、一緒に住んでた方が警戒のしようがあるかもね」

「その通り。どこにも逃げられないんだよ、結局」

子供たちが数人、笑い声を上げながら茂みの向こうを歩いていた。逢崎はそれを感情のない顔で眺めている。きっと僕も、似たような表情をしているのだろう。

あの子供たちが、何がそんなに楽しくて笑い合っているのかがわからなかった。今いる場所が本当は地獄かもしれないのに、誰かの悪意がすぐそこまで迫っているかもしれないのに、なぜあんなに屈託のない笑みを浮かべていられるのだろう。

まさか、自分たちの人生が祝福されているとでも思っているのだろうか。

「……なんかもう、二人きりだね」

逢崎の言う通りだった。

太陽はまだ沈みきっていないというのに、公園にはもう僕たちしかいない。

誰もこの場所に寄り着こうとはしない。

誰も僕たちの絶望を理解してはくれない。

茂みを掻き分けて公園に入ってきた黒猫だけが、奇妙なものを見るような目をこちらに向けていた。

誰も何も言わない時間がしばらく続いた後、逢崎が唐突に言った。

「知ってた？　猫も子供を殺すんだって」

喜怒哀楽のどれにも該当しない表情の意図をうまく掴めず、僕は曖昧に頷くことしかできなかった。お互いが体重を預けるブランコが交互に軋む音だけが、橙色に染まる世界に響き渡っていく。

「初めて聞いたよ。何で殺すんだ？」

「もし見初めた相手に子供がいたら、雄猫は自分の遺伝子を残せない。そういう習性になってるんだよ。パートナーとの新しい愛を育むためには、邪魔な子供は殺してしまうしかない」

「それは残酷だな」

「きっと、それが愛ってものなんだよ」逢崎は無感情に続けた。「別に猫だけじゃない。

猿も、熊も、イルカだって愛のために子供を殺す」

いつの間にか黒猫は茂みの奥に逃げ去り、公園には再び僕たちだけが取り残された。

僕は何も言わず、逢崎の次の言葉をただ待ち続ける。

「だから、きっと動物の遺伝子に組み込まれてるんだ。愛のためなら何をしてもいい。愛のためなら、悪魔になっても許されるんだって」

もう二人だけしかいない世界に、逢崎の言葉が静かに落とされていく。

「ねえ、灰村君」

「うん」

「……殺そうよ。早くあいつらを殺そう。私たちの現実を壊したあの連中を。私たちに愛を振り撒くあの悪魔たちを」

僕の回答はもう決まっていた。

「……わかったよ、殺そう。じゃあ最初は誰にする？」

4

九月一六日。

お互いの殺意を確かめ合ってから、もうすぐ一週間が経とうとしていた。

あれから僕たちは殺人の計画を練り続けた。

逢崎が家に監禁されるという土日を除けば、僕たちはほぼ毎日のように例の公園に集まって絵日記の利用方法を検討している。

バイトはもうやめた。金城やその仲間たちが居酒屋に押し寄せてくる危険性もあったし、何より今の僕には他にやるべきことがある。新たに課された家賃など、連中を殺してしまえば存在ごと躙《にじ》り消すことができる。

毎回廃ビルに向かうのは危険なので、絵日記は全ページ写真に収めていた。学校を早退して一人であの場所に向かうのは恐怖を伴ったが、おかげで今日も、スマートフォンの画面を覗《のぞ》き込《こ》みながら議論を交わすことができている。

「今更気付いたけど、日記の内容は実現不可能なものばかりだよな」

「二日前――九月一四日の日記なんか酷いよね。『夜のはんかがいを歩いていたら、刃物をもった男がいきなりでてきました。とてもこわかったけど、なんとか立ち向かうことができてよかったです』だって」

「殺人鬼同士が対決かよ。確かにありえない」

「〈記入者〉の方は遊び半分でやってるのかもね。それとも、ハイペースで殺しすぎると警察に嗅ぎ付けられるって考えてるのかな」

「一か月以上日記が続いてるのに、まだ二人しか殺せてないしな」

この一週間、僕たちは何度か絵日記に書かれている狩場に張り込んでみた。殺人鬼の行動パターンがわかれば、うまく誘導する方法が摑めるのではないかと考えたためだ。

とはいえ、絵日記に描写された通りの日時・場所に、絵日記に描写された通りの特徴を持った人間《ターゲット》が現れる確率がどのくらいあるというのだろう。これまで四回張り込んでみたが、条件を満たしたケースはただの一度もなかった。もちろん、殺人鬼らしき人物の姿も見ていない。

わかったことといえば、絵日記がある日付は週に三つほどしかなく、そのうち二つが土日に集中しているということくらいだ。つまり、少なくとも〈実行犯〉の方は、平日は自由に動けない人間ということになる。

「そういえば、『九月七日』の犠牲者が見つかったんでしょ？」

今日の昼休みに、クラスメイトの誰かが「山宮の交差点らへんにパトカーがたくさん停《と》まってるのを見た」と興奮気味で話していたことを思い出す。

「みたいだな。ネットの記事も出てただろ？」

「私、ネットは見ないようにしてるの。毎晩、父親に閲覧履歴をチェックされるから」

「履歴くらい削除すればいいだろ」

「履歴を復元してまでチェックされるから無理だよ」

逢崎があまりにも淡々と言うので、何だかそれが異常なことではないかのように思えた。

「じゃあ連絡先も交換できないな。こういう話し合いも、チャットとかでできたら何の心配もないんだけど」

「別に大丈夫だよ」

「誰かに聞かれたらまずい話題ばっかなのに？」

「ねえ、今の私たちってあの二人からどう見られてると思う？」

画面から目を離した逢崎は、茂みの向こうの歩道で手を繫ぎながら歩く中学生の男女を指さした。

「……まあ、人殺しの相談をしてるようには見えないよな」

「私も、犬か猫の動画でも見ながら感想を言い合ってるようにしか見えてないと思う」

「じゃあ問題ないか」

「うん。心置きなく話し合おうよ」

逢崎はそう言うと、口の端を僅かに吊り上げてこちらを見た。

その表情が意外にも正しい笑顔のように見えたので、僕は思わず視線を逸らしてしまう。うっすらと浮かぶ虐待の痕や、無意味な包帯や眼帯の滑稽さが、かえって笑顔の奥にある歪《いびつ》なものを強調していたのだ。

諦念がブランコごと僕を包みこんでいく。

茂みの向こうを幸せそうに歩く彼らと、ブランコの上で計画を立てる僕たちとの間には途方もない断絶がある。彼らが未来への希望を胸に愛を囁き合っている一方で、僕たちは手を汚さずに人を殺す方法を話し合っているのだ。

「ねえ、灰村くん。これなら成功できそうじゃない？」

適当に写真をスライドさせていると、逢崎が画面に人差し指を向けた。

少し驚いてしまった僕を尻目に、彼女は学園祭の出し物の案でも思いついたような口調で続ける。

「シチュエーションには無理がないし、ターゲットの誘導も難しくないかも」

「……確かに、今までの絵日記よりはイメージが湧くな」

「ちょっと考えてみようよ」

逢崎が目を付けたページには、このように記されてあった。

九月一八日（水）
駅前の本屋さんに、算数ドリルを買いにいきました。店の前で高校生たちがさわいでいたのでとてもこわかったです。わたしはゆうきを出して、そのうちの一人を追いかけて「やめてください」といいました。いいことをして、とても気分がよくなりました。

小学生が書いたような文章そのものはどうでもいい。僕は「駅前の本屋」「店の前で騒いでいた高校生」という単語を目に焼き付けた。そして絵の方に描かれていた、鍔の小さい帽子を被った子供が握る、ナイフのように尖《とが》った物体も。

「二日後だな。……殺すのは誰にする？」

「桃田亜衣梨。最初に殺すなら、あいつくらいがちょうどいいよ」

桃田は、学校で逢崎に嫌がらせを続けているグループの主犯格だ。不良の彼氏がいるから誰も逆らえないだの、中学生の頃にも誰かを虐《いじ》めて不登校に追い込んだだの、とにかくいい噂を聞かない問題児。

彼女を殺すべきかどうかについて検討する必要は最初からないのだと、逢崎の昏い瞳が雄弁に語っていた。

「そもそも、どういうきっかけでいじめが始まったんだ？　周りから見てた分には、気付いたときにはもう嫌がらせが始まってたように思えるけど」

「その認識で合ってる。特に理由はわからないけど、気付いたら上履きを隠されたり、机に落書きされたりしてた」

「小学生みたいなやり口だな」

「最初の内はね。でも、SNSか何かに私の電話番号を晒した頃から桃田亜衣梨たちは大胆になってきたよ。そのページも無理矢理見せられたんだけど、流石に笑いそうになっちゃった。『一時間二〇〇〇円でどうですか？　興味ある人はこの番号に電話してね』だって」

「……なんて無茶苦茶な」

「でしょ？　おかげで変態からの電話が鳴り止まなくなって、それが父親にもバレた。私が病気療養もせず男を誘惑してるっていう設定を作って、三日間も納屋に閉じ込めてきたんだから」

逢崎は恐らく無意識に、右の二の腕付近を撫でた。まさか、その時に父親から付けられた痣《あざ》でもあるのだろうか。

電話番号をアップしてもブロックされないということは、そのSNSとやらはまともな会社が運営している代物ではないのかもしれない。だとすると、父親からの指導よりも危険な事態に巻き込まれる可能性もゼロではないはずだ。

「しかし、裏ではそんなことまでやられてたんだな。気付かなかった」

「でもこれは私のことを想《おも》ってのことだから。『愛』があればいじめにはならないっていうのが、桃田亜衣梨の口癖だし」

　そんなところにまで愛が立ち塞がってくるという皮肉に、虫唾《むしず》が込み上げてくるのを感じた。

「……ああ、そんな奴はもう殺すしかないな」

「わざわざ確認する必要ある？」

「確かにそうだ。当然のことだよ」

「これから何人も殺さなきゃいけないんだから、桃田くらいさっさと始末しないと。予行練習も兼ねてさ」

　僕たちは目も合わせずに笑う。

　相変わらず、そこにどんな種類の感情があるのかはわからなかった。

「駅前の本屋なんて、光堂《こうどう》書店しかないよね。しかも、電車通学なら絶対に目の前を通る場所にあるし。あとは、あいつらを店の前で立ち止まらせる方法だけを考えればいい」

「確かにそうだけど」懸念点をひとつ見つけてしまった。「桃田はいつも取り巻きの連中と一緒にいるよな。名前は……」

「藤宮《ふじみや》佐紀《さき》と篠原《しのはら》理来《りく》」

「ああ、たぶんそいつらだ。この絵日記には、『そのうちの一人を追いかけて』としか書かれてない。……これじゃ、三人のうち誰を殺させるのかまではコントロールできないだろ」

「もし桃田以外のどちらかが殺されたら、次のチャンスが来るまで待てばいいだけだよ。それこそ、『九月二二日』の日記も狙いやすそうだし」

「それもそうか」

「うん。焦らなくていいよ。絵日記は来月分まで続いてるんだから」

それから僕たちは明後日《あさって》の決行日までにお互いがどのような行動を取るべきかを整理していった。

高校生二人が即席で考えた作戦などたかが知れているかもしれないが、成功する可能性は充分にあると思う。暗黙の了解としてメモの類は禁止し、お互いの頭の中にだけ打ち合わせの内容を記録した。証拠さえ残らなければ、僕たちが罪に問われることは有り得ないのだ。

「……楽しみだな」

思わず口から漏れた言葉に、僕は内心で驚いていた。それはまるで、遊園地に行く計画を立てているときのような声色だったからだ。

「ちょっと、何言ってるの？」逢崎も、心から可笑《おか》しそうな声で言った。「灰村くん、私たちは人を殺そうとしてるんだよ？」

「そうだな、ごめん」

「もっと深刻そうな顔をしてた方がいいよ。なんていうか、倫理的に」

乾いたように笑い合ったあと、逢崎が公園の時計にちらりと目をやった。

午後六時二三分。今から帰ればまず問題はないらしい。

「そういえば、もし七時に間に合わなかったらどうなるんだ？」

「どうなると思う？」

包帯や眼帯では隠しきれていない傷痕を見る限り、ただ頬を打たれる程度で済むとは思えなかった。

適切な答えが思い浮かばないままの僕に、逢崎は静かに告げる。

「もう次はないぞ、って忠告なら受け取ったよ。二か月くらい前に」

「つまり、どういうことだよ」

「次に父親を心配させてしまったら、計画は終わりかもしれないってこと」

抑揚のない声は赤く染まる公園に溶けて、余韻すら残さずに消えていく。

西陽が生み出した光の粒が、横顔の輪郭を縁取っている。しかし、逆光のせいで逢崎がどんな表情をしているのかはわからなかった。

今週から担当することになった掃除場所が、北棟の屋上に続く階段になったのは幸運だった。

屋上は立ち入り禁止になっているため、この階段を清潔に保つ意味はほとんどないはずだ。それでも、もう一人の担当者である女子生徒は一段ずつ丁寧に掃き掃除を続けていた。

逢崎愛世が殺したい人間——桃田亜衣梨の取り巻きの一人に、僕は苦笑混じりに声をかける。

「篠原さん、そろそろ終わろっか。もうすぐ終礼の時間だし」

「あ、うん。ちょっと待ってて」

篠原理来は最後の三段を手早く済ませ、集めてきた埃を僕が持っている塵取《ちりと》りに入れていった。誰も使っていない場所を熱心に掃除する様子は、地毛だと言い訳できる限界のラインまで明るく染めたショートカットとはあまり嚙《か》み合《あ》っていない。

「そういえば灰村くん、今日の数学の小テスト難しくなかった？」

「あー、あれヤバかったよな。名前を書く欄しか自信ないわ」

「私もそんな感じ。てか、最近やたらと小テスト多いよね」

掃除用具を片付けて反対の棟の教室に向かう途中で、僕は篠原と様々な話題に興じた。

最近始まった少女漫画原作の恋愛ドラマ、ラブソングばかり歌う人気バンドの新譜。ほとんど条件反射のように相槌を打っていただけなのでよくわからないが、恐らくそういった内容で間違いないだろう。

相手の表情がそれなりに打ち解けているように見えて少し警戒したが、よく考えるとこれまでも何度か会話を交わしたことはあった気がする。

とにかく、こうして話している限りでは、篠原理来はまともな人間に思えた。

桃田の取り巻きとして暴虐の限りを尽くし、手違いで殺されても構わないというくらいには逢崎から憎まれているようには到底見えない。

そしてそれは、この上なく残酷な話だと思った。

「そういえばさ」僕は確認作業をすることにした。「逢崎ってどんな奴なの？　ほら、あいつが話してるところ見たことないからさ」

篠原理来はわざとらしく顔をしかめ、一瞬前までの明るい口調のまま答える。

「見たらわかるでしょ？　ほんとヤバい奴だよ。てか私も声聞いたことないし」

「そうなんだ」

「亜衣梨が話しかけても無視するしさー。そりゃ虐められて当然だよね」

どこまでも他人事のように語る篠原を見て、僕は確信した。

この女は、逢崎のことを人間だとは見做《みな》していない。

クラスメイトと数学の小テストの愚痴を語り合い、恋愛ドラマや流行《はや》りのラブソングに共感し、教室に帰るまでの間を埋めようとしてくる普通の善良さは、逢崎に対しては決して向けられない。流行りに疎い僕に恋愛ドラマの概要を教えてくれるのと同じ口で、後ろめたさもなく逢崎を攻撃することができる。

口汚い罵倒も、机に刻み込んだ落書きも、変態どもに向けて逢崎の電話番号を晒したことも、彼女にとってはすべて日常の延長線上にあるのだろう。

まあ、どうでもいいことだ。

どうせこの女はいずれ、桃田たちと一緒に殺人鬼のターゲットになる。その事実があれば怒りも湧かなかった。

むしろ、感謝の言葉でも送ってあげるべきではないだろうか。

彼女たちは、これから僕と逢崎が殺人計画を続けていくための、最初の実験台になってくれるのだ。

「そういえば」一昨日、公園で打ち合わせた通りの台詞をなぞる。「篠原さんって電車通学だよね」

この女が、主犯格である桃田亜衣梨や、もう一人の取り巻きである藤宮佐紀と毎日一緒に帰っていることはもう知っている。

予想通りに頷いた篠原に、僕は次の弾丸を放った。

「駅前に本屋があるじゃん。わりと大きめの」

「あるある。それがどうかした？」

「あそこで昨日さ、万引き犯が店員から逃げてるの見たよ」

「うそ」

「やばかったよ。駅まで店員が追いかけてたけど、結局取り逃がしたみたいだし」

完全に作り話だが、篠原は心から驚きながら聞いていた。これでこの女は、今日の下校中に本屋に意識を向けてくれるかもしれない。些細《ささい》なことかもしれないが、布石としてはそれで充分だった。

教室に辿り着くと、クラスのほぼ全員が席に座って終礼が始まるのを待っていた。篠原と別れて自分の机へ向かう途中で、前の方に座る逢崎が期待の籠った瞳を向けていることに気付く。

僕は二人にしかわからないほど小さく頷いてみせた。


終礼が終わった瞬間、逢崎は早々と荷物をまとめて教室を飛び出していった。それを含み笑いとともに見送りながら、桃田亜衣梨が不満げに呟いた。

「なにあいつ、あんなに急いで」

取り巻きの篠原か藤宮のどちらかが、悪意の混じった声で同調する。

「私らから逃げたんじゃない？」

「なにそれ。別に意地悪してるわけじゃないのにね。やっぱあいつ変わってるわ」

「だから友達できないんじゃね？」

大声でひとしきり嘲笑したあと、すぐに他の話題に移っていった三人を見ながら、僕は密かに安堵を覚えていた。

ここまでは全て順調に進んでいる。

僕はクラスメイトとの会話を適当に切り上げて、急いで駅前の書店へと向かった。

自転車を五分ほど飛ばせば、もう『光堂書店』と書かれた群青色の看板が見えてきた。自転車を駐輪場に停めて店内に入る。この辺りでは一番大きい書店だが、時間帯のせいか客はあまり多くないようだった。

入り口の扉を開けた先は十畳ほどの広さの風除室《ふうじょ》になっていて、窓ガラス沿いに所狭しと雑誌類が並べられている。店内に続く自動ドアに最も近い棚の前で、逢崎が雑誌を立ち読みしているのが見えた。

彼女が読んでいるのはティーンエイジャー向けのファッション誌で、表紙には『この秋おすすめの愛されコーデ特集』という安直なコピーが綴られている。両腕に包帯を巻いた傷だらけの少女にはあまりにも似合わない雑誌なので、僕は思わず苦笑するしかなかった。

「休日はずっと監禁されてるくせに、何のためにそんなの読んでるんだ？」

「敵情視察」

少しも笑わずに言われると、それが冗談なのかどうかもわからなかった。

僕は別れの言葉もなく風除室から出て、先日打ち合わせていた地点へと向かう。通りに面した出入口の隣にある、清涼飲料水や氷菓子の自販機が並んでいるエリア。塗装が剝がれかけた赤いベンチに座り、スマートフォンをいじる振りをしながら、駅とは反対方向の様子を横目で窺う。

もし桃田とその取り巻きの姿が見えたら、店内に引き返して逢崎に合図を送るのが僕の役割だった。目の前を通り過ぎていく人々を見送りながら、僕は内心で標的の出現を祈り続ける。

午後六時くらいまでは粘るつもりだったが、ターゲットの三人は張り込みから二〇分も経たないうちに現れた。連中は百メートルほど先の歩道で信号待ちをしているので、あと二分もすればこの書店の前を通るだろう。

信号が青になり、彼女たちが横断歩道を渡り始めたのを確認して、僕はベンチから立ち上がった。

入り口扉を開けて、まだ立ち読みをしていた逢崎に小声で合図を送る。そのまま逢崎は僕にファッション誌を渡して、嗜虐心を煽るような猫背で店外へと向かった。

「あれ？　愛世じゃーん。あんた本なんか読むの？　馬鹿なのに」

桃田の甲高い声がここまで聴こえてくる。計画通り、逢崎は駅へと向かう途中のターゲットと鉢合わせたのだ。

このまま逢崎が店の前で絡まれる展開が続けば、絵日記に書かれていた『高校生たちが店の前でさわいでいた』という状況が完成する。そうなればあの三人のうちの誰かが殺人鬼の目に留まるはずだ。その誰かは今日のうちに、心臓にナイフを突き立てられて死を迎えることになる。

僕は店外に面した棚の前に移動し、雑誌で顔を隠しながら外の様子を窺った。

自分たちに訪れる結末を知る由もない桃田は、人を平気で攻撃する人間特有の、この世の全てに勝ったかのような表情で言い放つ。

「てか、なんでさっき逃げたんだよ。寂しかったじゃん」

逢崎は地面を虚《うつ》ろに見つめたまま一言も発しなかった。心を空にして、嵐が過ぎるのをただ待ち続けている。それが彼女なりの防衛術なのだろう。

父親の暴力に必死に耐える少女のイメージと、目の前の光景が綺麗に重なっていく。

「ちょっと、なにまた無視してんの？　あんたさ、そんなんだから誰からも愛されないんだよ」

「……だったらいいのに」

「え、なに？　今なんて言いました？　声小さすぎてわかんねえよ」

店の前では、なおも陳腐な光景が繰り広げられている。

桃田たちの興奮は店内にも伝わっているようで、入り口付近にいる客たちの注目も少しずつ集まり始めている。歩道を行き交う永浦西高の生徒たちも、桃田が演出する騒めきを横目で見ながら歩いていた。

逢崎に羞恥を与える絶好の機会とでも判断したのか、桃田の声量はさらに大きくなっていった。時折逢崎の肩を小突きながら罵倒は続いていく。極めて巧妙に、教師に訴えられても言い逃れできるように決定的な言葉は使わず、それでも確実に逢崎の人間性を否定していく。

逢崎は俯いたまま沈黙していた。彼女が今どんな表情を浮かべているのかは、長い前髪が邪魔をしてわからない。

「とにかくさ、私らはあんたのことを想って言ってあげてるんだから。こんなに愛情込めて接してくれる奴なんていないよ？　少しは感謝すれば？」

騒めきに気付いた店員が注意しに向かうよりも先に、桃田たちはその場を立ち去っていってしまった。

遠ざかっていく後ろ姿を見つめる逢崎の口許が、微《かす》かに動いたのが見えた。

声がはっきりと聴こえたわけではない。

ただ僕には、彼女が「くたばれ」と呟いたのだと確信することができた。

「ここから離れよう、逢崎」

本当に殺人鬼とやらが書店の中にいたのかどうかはわからない。しかし、桃田たちの後を追いかけて結末を確かめるのは危険だ。『店の前で騒いでいた高校生たち』に逢崎が含まれている可能性もあるのだ。

「なあ、聴こえてる？」

逢崎は僕の問いかけすらも無視して、駅とは反対方向に歩き始めた。

自転車はまだ駐輪場に停めてある。どうすべきか一瞬迷ったが、僕は逢崎の鞄《かばん》を拾い上げて後を追いかけることにした。

駅から五分も歩くと、ただでさえ少ない飲食店はほとんど消え失せ、辺りは完全な住宅街になってきた。

逢崎は何も喋らない。僕も何も言わなかった。

ただ、二人分の靴音だけがコンクリートに反響していく。

「なんでまだついてきてるの？　鞄はもう受け取ったけど」

逢崎が前触れもなく立ち止まったので、僕は少しバランスを崩してしまう。

「なんでって、殺人鬼が尾行してきてるかもしれないだろ」

「あなたに関係あるの？」

「お前が殺されたら、どうやって殺人の計画を立てるんだよ」

「ああ、そんな理由」

ようやくこちらを向いた逢崎の目は、少しだけ赤く腫れているようにも見える。もしかするとそれは夕陽が作り上げた錯覚なのかもしれなかったが、これ以上深く考えるのはやめにした。

「……やっぱり、灰村くんは信用できる」

周囲を取り巻く全てが曖昧になっていく。車が行き交う音が消え、世界を染め上げる橙色の光も色彩を失っていく。

色の褪《あ》せた世界の中心に、逢崎は虚ろな表情で立っていた。

「だって、あなたの言葉には愛が紛れ込んでないから」

「頭がどうかしてるだけだよ」

「でも、愛なんて免罪符を振りかざして、私を壊そうとしてくる人たちよりはいい」

あなたが大切だから。あなたのためを思って。愛があるから言ってあげてるの。

たったそれだけの言葉で大義名分を得たかのように、他者を平然と攻撃する連中が多すぎる。愛のために全てが肯定されてしまうというのなら、その愛に殺されてしまう二人の魂はどこに向かえばいい？

嘘吐《うそつ》きどもが騙《かた》る愛に満ちた関係よりも、利害の一致によって結ばれただけの関係の方がよっぽど信用できる。そう、彼女の昏い瞳が言っている。

それはまさしく真理なのではないだろうか。

この閉塞した街のどこかに、それ以上の解答が転がっているとは思えない。

その後も、僕たちは押し黙ったまま歩き続けた。これ以上どんな言葉を紡げばいいかわからなかった。路面に反響する靴音と、遠くから聴こえる烏《からす》の鳴き声だけが、辛うじて沈黙を埋めてくれている。

この辺りで解散しようと切り出そうとすると、逢崎が突然歩く速度を上げた。怪訝に思っていると、彼女は月極《つきぎめ》駐車場の入り口付近に設置された自販機の前でしゃがみ込み、なにかを手に取って立ち上がった。

「それは?」

「懐かしいなって思って」

近寄ってみると、逢崎の掌《てのひら》には白い熊を模したキャラクターのキーホルダーが乗っかっていた。女子高生が好きそうなデザインには確かに見覚えがあるが、名前がすぐに出てくるほど有名なキャラクターではなさそうだ。

「子供の頃、この子のぬいぐるみがないと眠れなかったのを思い出した」

凄《すさ》まじく違和感のある台詞だと思ったが、よく考えてみれば、逢崎にもまともな人生を送れていた時期があったのだ。

「毎日抱いて眠ってたから流石に汚れてきてさ、見かねた母親が洗濯してくれたの。でも私はこの子が溺れ死んじゃうと勘違いして、洗濯機の前でずっと泣き喚《わめ》いてた」

「今の逢崎からは想像できないな」

「当たり前でしょ。私もう一八歳だから」

逢崎は何でもないように言ったが、そのまま通り過ぎていくにしては鋭利すぎる言葉が混ざっていた。彼女が一年間に渡って監禁されていた事実が、何気ない会話の中にも容赦なく割り込んでくる。

どう返すべきか迷った挙句、僕は苦し紛れに特に興味もない質問をした。

「そのキャラクターさ、なんて名前だっけ？」

「……さあ。そういえば名前なんて気にしてなかったかも」

それから重苦しい沈黙が流れ、僕たちは目も合わせずに立ち尽くした。

それは五秒にも満たない時間だったはずだが、このまま永遠に続くのではないかという疑念を抱かずにはいられなかった。

こんな中途半端なところで会話が途切れてしまったのは、まだ僕たちが関わり始めて日が浅いからなのだろうか。それとも、こういう平穏なやり取りにおままごとのような居《い》た堪《たま》れなさを感じてしまうからなのだろうか。

沈黙に耐えられなかったのか、逢崎は白い熊のキーホルダーを自販機横のゴミ箱に投げ棄ててしまった。静寂に覆われた路上に、どこか間抜けな音が小さく響く。

再び歩き始めた逢崎は、こちらを振り向きもせずに呟いた。

「ねえ、灰村くん。ひとつだけ約束して」

長い黒髪が揺らめいて、傷痕と一緒に彼女の真意を覆い隠してしまう。

「あなただけは、私に愛を向けないで。損得勘定以外の何かで、私のことを見ようとしないで」

約束するよ、と僕は答えた。

きっとそれは、本心からの言葉だった。


家に帰り着いた頃には、時刻はもう夜八時を回っていた。

玄関には大量の靴が脱ぎ捨てられている。そのほとんどが男物のスニーカーや革靴だという事実に僕は戦慄した。

リビングから漏れ聞こえてくる酒盛りの騒音に気付いたときにはもう、僕は硬直して動けなくなっていた。

「瑞貴、おかえりなさい」

僅かな物音を拾ったのか、リビングの扉を開けて灰村美咲が微笑《ほほえ》んできた。

判断が遅れてしまった自分の愚かさを呪いつつ、今の発言の意味を推測する。

この女が、こんなに友好的な表情を向けてくるのはおかしい。

何があった？　この女は何を企《たくら》んでいる？

全身が硬直してしまった僕を尻目に、義母はやはり上機嫌に続けた。

「ああ、このネックレスでしょ？　蓮が誕生日祝いに買ってくれたの」

この女の誕生日が今日であることなど、今初めて知った。

いや、問題はそんなことではない。

リビングの向こうで騒いでいる連中は、この女の誕生パーティに集まった金城の仲間たちなのではないか？　もっと正確に言えば、まともな職業についている者など一人もいない、裏で何をやっているかもわからないような犯罪者紛《まが》いの連中――そんな人間たちが今、この家に押し寄せてきているのではないか？

「あの人は私を愛してくれてるの。瑞貴、あんたと違ってね」

父の好意を利用して保険金殺人を企てた女がそんな言葉を使うのは、悪い冗談としか思えなかった。なぜ人を平気で攻撃できる連中に限って、「愛してる」なんて言葉を軽々しく使えるのだろう。

「また無視。あのね瑞貴、私はもうあんたのことがわからない。こんなに愛情を注いであげてるのに、あんたは私を母親と呼ぼうとすらしないでしょ。酷いと思わない？　そんなに一人で生きたいなら、明日からは昼食代も渡さないから」

そんなものは、もう一年以上前から渡されていない。

父の死亡保険金は、自分を着飾るネックレスやカシミヤ一〇〇%のコート、ヴィトンのバッグなどには使えても、残された一人息子の食費に使うのはもったいないと思っているのがお前という人間だろう。

勝手に事実を捩《ね》じ曲《ま》げるな。

愛を免罪符にして自分の行為を正当化するな。

——反吐が出る。

涙ぐみ始めた義母を見て、僕の心は急速に冷めていった。

あらゆる状況を自分にとって都合がいいように解釈して、非の打ち所が全くない、完璧な被害者を演じる。そうやってこの女は、母の死で憔悴《しょうすい》していた父に取り入ったのだ。そんなことを今頃になって理解した。

リビングの中から、今度は金髪の男が顔を出した。顔は真っ赤に茹《ゆ》で上《あ》がっており、酒臭い息がこちらまで漂ってくる。金城蓮は汚物に集る蠅でも見るような目をこちらに向けて、苦々しく吐き棄てた。

「ちょっと瑞貴くん、せっかく俺ら楽しんでるんだからさ。空気読んでよ。今日は友達の家にでも泊まってきたら?」

金城は義母の肩を抱いて、こちらの返答も待たずにリビングへと消えていった。

扉の向こうが歓声に沸く。義母と金城が熱いキスを交わす。周りがそれを囃《はや》し立《た》てる。さらに行為はエスカレートしていく。反吐のようなパーティは明け方まで続く。扉を開けなくても、全てを簡単に想像することができた。

九月上旬の気候なら、一晩くらい野晒《のざら》しになっても死ぬことはないだろう。どこかの公園のベンチか、屋根が必要なら高架下で夜を明かそう。一晩くらい何も食べなくても問題ない。学校へ行く前に駅前のネットカフェでシャワーを浴びれば、もうそれで万事解決だ。誰にも怪しまれずに済む。

まだ少しだけ残っていた躊躇《ためら》いが、完全に消えていくのを感じた。

お前たちはいずれ殺す。

己の全てをかけて復讐《ふくしゅう》することすら馬鹿らしい。僕自身は一切手を汚さず、人間性の欠如した殺人鬼を操って、僕の知らないところで無惨に殺してやる。

もしそうなっても、罪悪感に苛《さいな》まれることなどないだろう。

お前たちが消えた日の晩にはもう、全てを忘れて安らかに眠ることができる。

僕はようやく、この空虚な生活に意味を見出《みいだ》せるような気がした。

5

夜が明ければ、世界が劇的に変わっていることを期待していた。

桃田亜衣梨は計画通りに殺されていて、逢崎を虐げる者はいなくなり、僕たちは絵日記を利用した殺人の有用性を確信し、速やかに次の計画を立て始めることができる。それが僕たちの思い描いた道のりだった。

――だが、そうはならなかった。

九月一九日の教室では桃田がいつもの甲高い声で騒いでおり、取り巻きの篠原と藤宮もいつも通りに同調して笑っていた。殺人鬼の毒牙にかかるべきだった彼女たちは、何事もなかったように平然と息をしている。

異変があったのはむしろ、逢崎愛世の方だった。

二限目が終わる頃にようやく教室に現れた逢崎は、ただでさえ血色の悪い顔を真っ青に染めて、右脚を引《ひ》き摺《ず》るようにして自分の席まで進んでいった。国語教師は板書の手を止めてかけるべき言葉を探し、クラスメイトたちは好奇の眼差《まなざ》しを一斉に向け、桃田やその取り巻きたちは悪意に満ちた感想を囁きあった。

逢崎が、家で父親の指導を受けたのは明白だった。

昨日、書店から出たのは六時前だったはずだ。これまでの彼女の話を鑑みても、父親が帰ってくるという夜七時には確実に間に合ったはず。

だとすれば、何か他のミスでも犯してしまったのか？

それともただ、父親の虫の居所が悪かっただけなのか？

彼女の身に地獄が降りかかったことなど誰も気にしようとしないまま、尋常な時間が流れていく。現代文の授業が終わり、三限目の数学、四限目の倫理と続き、昼休みを迎える頃には全ての疑問が日常に埋められていった。僕の周りにいるクラスメイトたちは、もう誰も逢崎の方を見てすらいない。

砂のように流れていく時間をやり過ごしている内にその日の授業は全て終わり、掃除時間がやってきた。同じ場所を担当する篠原理来は、昨日と全く同じ表情で屋上に続く階段を清掃している。他愛もない会話を何往復か交わしたが、それがどんな話題だったのかはまるで思い出せない。

掃除用具を片付けて教室に戻ってくると、程なくして終礼が始まった。

教室の扉を開けて入ってくるなり、担任の宮田が神妙な表情で告げる。

「昨夜、永浦工業高校に通う生徒が殺されました」

同じ最寄り駅を共有する学校の生徒が殺されたという事実に、教室は騒然とし始めた。

永浦工業に通う友人がいる生徒も多いのだろう。中には明らかに狼狽《うろた》えていたり、小さく悲鳴を上げる者までいた。

「警察の発表では、まだ犯人は見つかっていないとのことです。皆、先月も永浦南駅のトイレで女子大生が殺されたのを覚えてるよな？　関連性はわかってないみたいだが、山宮交差点付近でも別の死体が見つかったとの報道もあった。……連続殺人犯が、この街に潜んでいる可能性があるということです」

　ここから見える後ろ姿だけでは、逢崎の表情を窺い知ることはできなかった。

「危険性を鑑みて、今日からしばらく部活動を禁止にすることが職員会議で決定されました。皆、暗くなる前に真っ直《ます》ぐ家に帰るように。部活が休みだからって遊びに行くのは論外だぞ。あと、できるだけ一人にならないよう注意することも忘れずに」


　終礼が終わり次第、僕はクラスメイトの遊びの誘いを断って公園に向かった。部活動が禁止になっただけあって帰路につく生徒の数はいつもより多かったが、教師の忠告をそのまま受け取って深刻な表情を浮かべている者はあまりいない。皆、不意に訪れた非日常を内心で楽しんでいるのかもしれない。

　いつものようにブランコに座って呆然としていると、三〇分ほど経った頃に人の気配が生じた。

　右脚を引き摺る痛々しい音を連れて、逢崎愛世はブランコに腰を下ろす。彼女はそのまま虚空を見つめ、無言を貫いていた。五分、一〇分と時が過ぎても口が開かれることはない。全てを拒絶する意思が、その瞳に宿っていた。

降り積もっていく時間の重みに耐え切れず、僕は切り出した。

「……右脚。それ、いったいどうしたんだ？」

逢崎はこちらを一瞥もせずに答える。

「父親にやられただけ。何も珍しいことじゃない」

「七時には間に合ったんだろ？　何が原因で」

「携帯」逢崎は短く溜め息を吐いた。「……あの時、携帯を家に置いてくるのを忘れたのが悪かった。やっと桃田たちを殺せると思って、気が逸《はや》りすぎてたのかも」

「GPSで追跡されてたとしても、お前がいたのはただの書店だろ。怒りを買う要素なんてあるか？」

「本なんか読んで、余計な思想を身につけたらどうするつもりだ」

「は？」

「そう言われたの。びっくりした？　私の家には、本と呼ばれる類のものは一つもない。新聞すら、私の目が届く場所には置かれていない。独裁国家でもここまで過剰な検閲はたぶんしないよね」

逢崎は父親の教育方針で、学校が休みの日はずっと家に閉じ込められていると聞いた。

その間は本でも読んで暇を潰しているのかと思っていたが、それはあまりにも楽観的な想像だったようだ。

父親によって本もネットも禁止され、気を紛らわすものが何一つない四八時間とは、一体どのようなものなのだろう。永遠のように続く退屈の中で、重く圧《の》し掛かる絶望に耐え切れず、精神が壊れていくのを無抵抗に待つしかないのだろうか。

「一応、父親が許可した映画だけは与えられてるよ」

「いったいどんな映画なんだ？」

「家族の映画。母親を失った父と娘が手を取り合って幸せを取り戻していく、全体的に淡い色彩の、父親の理想を投影しただけの下らない映画。それを二人で繰り返し何回も見るのが、私の休日の過ごし方なんだ」

逢崎は「毎回じゃないけど」と付け加えたが、父親の異常性を説明するにはこれ以上ないほどのエピソードだと思った。

全てに疲れた表情で、逢崎は締めくくる。

「物語にすら逃げ込めない私は、どうやって人生をやり過ごせばいいと思う？」

回答など求めていない問いに、僕はやはり何も答えることができなかった。再び沈黙が訪れて、時間感覚が徒《いたずら》に引き延ばされていく。

何か喋らなければ、と思った。

「父親の名前は？」

「逢崎享典《たかのり》。それが何？」

「これから殺す相手の情報くらい、摑んでおかないと」

僕は今聞いた名前をスマートフォンで入力する。さらに『永浦市』というワードを加えてAND検索すると、それらしいページが見つかった。今ではビジネス目的で使用する人がほとんどの、本名による登録が必要なSNS——そこに逢崎享典のアカウントがあった。

銀縁の眼鏡を掛けた、神経質そうな男という印象を受ける。だが、今聞いたエピソードと即座に結び付くような異常性を写真から感じ取ることはできない。近況の投稿は、三年前の四月を最後になされていないようだ。

最後に投稿された写真には、病院のベッドに座る妻を励ます父と娘の笑顔が写っている。

これが、逢崎の日常が壊れる前の、最後の記憶なのだ。

僕は、かつて父と母に手を繫がれて歩いた並木道の光景を思い出した。あの時感じた温《ぬく》もりはもう戻らない。そしてそれは、目の前の少女にとっても同じだった。

これ以上土足で踏み込んではならない領域だと判断し、僕はページを閉じる。

「……とにかく、今すぐ考えなきゃいけないことがある。昨日、僕たちは計画通りに桃田たちを書店の前に連れてきて、店内の注目を集めるほど騒がせることに成功したはずだ。なのになぜ、殺人鬼は無関係な高校生を殺した？」

「答えは簡単だよ。私たちが計画を進めていたとき、例の殺人鬼はあの場所にいなかったの。光堂書店の営業時間は夜九時までてでしょ？　だったら、私たちがあそこを出てから九時までの間に店の前で騒いでいた別の高校生がターゲットにされたってことになるよね」

「……だとしたら、絵日記を使った誘導には不確定要素が多すぎる」

「流石に、犯人の行動には干渉できないからね。……だから、これから何回も試行錯誤しなきゃならない」

「いつか偶然成功するのを待つしかないのか」

「まだ絵日記は一ヶ月分もある。それまでに殺意が風化するとでも？」

一ヶ月が経つまでに僕たちの内どちらかが殺されてしまう可能性については、二人ともあえて口にはしなかった。

その後も僕たちは議論を重ねた。早急に殺さなければならない逢崎享典や灰村美咲、金城蓮を直近のターゲットにできないのは痛かったが、桃田たちを殺すチャンスについては今週中に巡ってきそうだ。

九月二二日（日）
お昼ごはんを食べたあと、ドラッグストアにお薬を買いにでかけました。買いものがおわって車にもどろうとすると、となりにあるボウリング場で高校生の女の人がたばこをすっているのを見かけました。
だからわたしはその子を車にのせて、「だめだよ」といってあげました。

絵はやはり黒一色で、帽子を被った子供が建物の側に立つ女性を眺めている様子が描かれていた。建物の上部に乗っかっている細長い物体は、恐らくボウリングのピンを表しているのだろう。今回、子供の手には先端に半月状の塊が付いた棒が握られていた。

これはもしかすると、斧なのではないだろうか。

「ボウリング場なんて、この辺りじゃ永浦ボウルしかないよな。外観は絵と全然似てないけど。確かあそこは、喫煙所が建物の外にあったはずだ」

「桃田たちを呼び出す方法は？」

「それはこっちで考える。……そもそもの話だけど、桃田は煙草《たばこ》を吸うのか？」

「喫煙者だよ。しかも、それがかっこいいと思ってるタイプの」

「ウチは一応進学校なんだけどな」

「人を攻撃して悦に浸るような連中は、とにかく暇を持て余してるの。悪いことでもしてなきゃ気が紛れないんでしょ」

「かわいそうだな」

「そうだね。早く殺してあげないと」

早く成功体験が欲しい。

それが僕と逢崎が共有している想いだった。行動を操りやすいクラスメイトくらい簡単に殺せないと、本当に排除すべき大人たちには辿り着けない。

これまでと同じように、僕たちは当日までにお互いが取るべき行動を整理していった。

明日はもう金曜日なので、悠長に構えている余裕はない。


「ねえ、灰村くん。お腹《なか》空いてこない？」

ある程度計画を固めることができた頃、逢崎が突然呟いた。

正直空腹は感じていなかったし、台詞の意味もよくわからなかった。僕の怪訝な表情を察したのか、逢崎は淡々と付け加える。

「近くにコンビニがあったよね。帰りにちょっと寄ってみようよ」

公園の時計を見ると、まだ逢崎の制限時間までは余裕があった。家にある菓子パンのストックも切れていたので、僕としても断る理由はない。

「父親には買い食いは許されてるのか？」

「バレなきゃ大丈夫。まあ、お小遣いなんて貰《もら》ってないけど」

「まさか、僕に奢れって言ってる？」

「絵日記のことを教えてあげたお礼ってことでどう？」

「……わかったよ」

　それから僕たちは最寄りのコンビニへと向かった。僕はいつもと同じ菓子パンをすぐに手に取ったが、逢崎は物珍しそうな顔でいつまでも店内を物色していた。

「あんまりキョロキョロするなよ、万引き犯だと思われるだろ」

「見て、灰村くん。餃子《ぎょうざ》味のスナック菓子なんてあるよ」

「……ああ、たまに見るよな。そういう誰が買ってるかわかんないやつ」

「どんな味がするんだろうね。ちゃんと餃子を再現出来てるのかな」

「さあ。気になるなら買ってみれば？」

「うーん、ちょっと待って」

　優柔不断な逢崎は、お菓子が陳列されたコーナーを何往復もして物色を続けた。まるでコンビニという文化に初めて触れた異邦人のように、どこでも売っているような商品のパッケージを興味深そうに眺めている。

　しかし、彼女が最後に立ち止まったのはレジの近くに設置されたホットコーナーの前だった。逡巡《しゅんじゅん》するような素振りを数秒見せた後、逢崎は一八〇円のフライドチキンに人差し指を向ける。

約束通りにフライドチキンを買ってやると、逢崎はそれが何か大切なものであるかのような慎重さで、油が薄く染みている包装紙を受け取った。

途中までは帰る方向が一緒なので、茜色《あかねいろ》に染まる住宅街を並んで歩きながら食べることになった。横目で様子を窺うと、逢崎は何の変哲もない安物のジャンクフードを夢中で味わっている。

「なんか、似合わないな。逢崎がフライドチキンなんて」

「揚げ物なんて何年も食べてないから、この機会にと思って」

確かに、娘が病弱であると信じ込んでいる父親がこういうジャンクフードを与えてくれるとは考えにくい。おまけにお小遣いすら貰えていないとなると、何年も食べていないというのはあながち冗談ではなさそうだ。

いつもと同じ菓子パンを齧《かじ》りながら、僕は訊いてみることにした。

「そういえば、いつも家でなにを食べてるんだ？」

「大根とか、キャベツとか、人参《にんじん》とか。たまに豚肉も」

「いや、もっとこう……料理名とかあるだろ」

「うちでは、食材をただお湯で煮たものしか食卓に出されないよ」逢崎は、それが何らおかしなことではないかのような口調で言った。「調味料も一切なし。塩とか砂糖とかは、私の体調に悪影響があるらしくて」

　そう言えば、いつか昼休みに逢崎が弁当の中身についてからかわれていたのを見たことがある。桃田たちは虫でも見つけたときのような悲鳴を上げていたが、その理由がようやくわかった。

　逢崎は質問の矛先をこちらに向けてくる。

「灰村くんは？　四月に同じクラスになってから、ずっとその菓子パンばっかり食べてるよね。いったいどうして？」

　冷静に考えれば予測できたはずなのに、僕はその質問に少し驚いてしまった。なるべくスタンダードで、大多数が好きそうなクリーム入りのパンを選んでいたはずだが、流石にずっと同じ種類だと違和感があるのだろうか。

「これが一番安くて日持ちするからだよ。家にまとめて保管しておいた方が楽だし」

「まさか朝と夜も同じものを？」

「そうだよ。まあ朝飯はほとんど食べないけど」

「それっておかしいよ」逢崎は薄く笑っていた。「だって、そんなに毎日同じ味で飽きないわけがない」

「そう言われても、味なんてもう感じないからな……。それに、完全に密封されたものしか食べられないし。だったら安い菓子パンがベストだろ」

何も考えずに答えてしまったことを、僕は猛烈に後悔する。

案の定、怪訝な表情になった逢崎が追及してきた。

「それはもしかして、お父さんが薬で殺されたことと関係してる？」

「……とにかくもう、何を食べても一緒なんだよ」

父の葬儀から一週間ほど経った頃、灰村美咲はまたおぞましい料理を作るようになった。入院する前日まで父が食べさせられていた、見るからに健康に悪いことがわかるような、過剰なほどに脂ぎった品々。その食卓には、そこにいるのが当然のような顔をした金城も座っていた。

僕は義母が父親の酒に何かを入れていた光景を思い出した。あれはもしかしたら見間違いなのかもしれなかったが、目の前の料理に警戒心を抱かせるには充分な理由を与えてくれた。

完全に密封され、工場から出荷されたそのままの状態の食べ物しか口にできなくなったのはその時からだ。

たとえ頭では安全だとわかっていても、毒薬が入っているという突発的な妄想に脳や臓器を支配されて、全てを吐き出してしまう。

当初は様々な種類のパンやおにぎりを食《く》い繋《つな》いで生きていたが、次第に味覚まで薄れていき、値段と消費期限以外の価値基準は僕の中から消え失せてしまった。ただ生命を維持するためだけに、最もコストがかからない菓子パンを胃の中に入れる日々。栄養面を考慮してたまには違う種類も食べるようにしていたはずだが、最近はそれすらも面倒になっていた。

人間の基本的な欲求すら手放してしまった時点で、僕は生きる意味のほとんどを失っているのも同然かもしれない。

「笑えてくるよね。私たち、ごはんすらまともに食べられないんだよ」

逢崎に言われて初めて、自分が菓子パンしか食べられない状況に慣れきっていることに気付いた。それが狂っているという客観的事実すら、僕は久しく忘れてしまっていたのだ。

「でも、あいつらを皆殺しにすれば全て解決だ。違うか？」

「うん。……次は絶対に成功させようよ」

山の向こうに引き摺られていく太陽を背に、逢崎が小さな声で言った。

橙色と薄い紫色のグラデーションを描いた空と、その中心を歩いていく少女の組み合わせは不吉なほどに綺麗で、まるで絵画の中の出来事のように洗練されている。

「父親が死んだら、自炊でも始めてみようかな」

それが空虚な妄想でしかないと知っているはずなのに、逢崎は続ける。

「塩とか、砂糖とか、そういう調味料をいっぱい使ってさ、カレーみたいに味付けが濃いものを作ってみたい」

「あれ、カレーに砂糖なんて使うんだっけ？」

「……使わないの？」

「僕に訊いても無駄だろ。料理なんてしたことないし」

「シチューには流石に使うよね？」

「だから、知らないって」

会話が途切れた途端、幼児のお遊戯でも見ているような気恥ずかしさに襲われてしまった。逢崎も同じことを感じたのか少し知りたかったが、結局彼女は一度もこちらを振り返ってはくれない。

「……じゃあ、家、こっちだから」

逢崎は僕の家とは反対方向を指差して、業務連絡と称して住所を教えてくれた。そこを訪れる機会があるとは思えなかったが、念のため確認しておくことにした。

「その辺って確か似たような家が多いだろ。何か目印とかある？」

「次に台風が来たら崩れそうなくらいボロボロの納屋が、家の隣に建ってるよ。まあ、私を指導するためにしか使われてないけど」

「……どういう、意味だよ」

「人間を縛り付けるのに丁度いい太さの柱があるってこと」

不吉な想像を駆り立てるには十分な台詞を残して、逢崎の後ろ姿が遠ざかっていく。僕はその場に立ち止まり、しばらく呆然としているしかなかった。

お遊戯のような生温い時間はもう終わり。

彼女はまた、凍えきった日常に戻っていく。

◆

当日は、アラームが鳴る前に起きることができた。階段を降り、眠たい目を擦りながら冷蔵庫へと向かい、細工をされた形跡がないことを確認して菓子パンを食べる。

リビングは嵐が過ぎた後のような有様だった。

四日前の誕生パーティとやらの残骸はまだ片付けられていない。ビールや酎ハイの空き缶、食べかけのおつまみが数種類、床に散らばったダーツの矢、ラブホテルのポイントカード、汚物を包んだティッシュの塊。ゴミの山に、黒い虫が凄まじい速さで潜り込んでいくのが見えた。

晩酌をしている最中に力尽きたのか、灰村美咲はソファの上に横たわって寝息を立てていた。父の金で着飾っているくせに、この異臭のことは気にならないのだろうか。酷く歪な価値観を、自分でおかしいとは思わないのだろうか。

また殺意が膨れ上がっていくのを感じたが、今日殺す相手はこの女ではない。

僕は手早く支度を済ませ、自転車に跨って家を飛び出した。

集合時間の正午にはまだ二時間もあった。まだ開店していないボウリング場に到着し、建物の外にある喫煙所と、殺人鬼が張り込むであろうドラッグストアの駐車場の位置関係をチェックする。視界を遮るようなものは設置されていないので、どうやら計画に修正は必要なさそうだ。

そのまま付近をぶらついて時間を潰し、皆が集まる頃合いを見計らって、何食わぬ顔で合流する。

ボウリングに参加したのは、僕が普段よくつるんでいるクラスメイトたちだった。休み時間、桃田たちが近くにいるときを狙って僕から誘ったのだ。

誰かが「男だけで行ってもしょうがねえだろ」と言ったのを呼び水にして、僕はまず交流のある篠原理来に声をかけた。それを聞いた桃田と取り巻きの藤宮がいきなり絡んできて、勝手に話を進めていってくれたのは予想通り。

悪い意味で有名な桃田が参加することにクラスメイトたちは難色を示したが、なんとか強引に押し切ることができた。

とはいえ、ボウリング自体は意外な盛り上がりを見せた。部活が禁止になったこともあり、誰もがエネルギーを持て余していたのだろう。

「みんな、次は絶対ストライク取るから。マジ自信あるから。見ててよ」

一人の人間を虐げていることへの後ろめたさなど微塵《みじん》も感じていないような笑顔で、桃田は宣言した。

よほどやり慣れているのか、桃田のフォームは他の誰よりも綺麗だった。実際に宣言通りストライクを取ってしまったのだから、呆《あき》れとともに拍手を送るしかない。

「やったー！　褒めて褒めて！」

「えらいえらい」

「もう！　愛してるよ理来ー！」

人目をはばからず篠原に抱き着いた桃田に、男子たちの警戒が緩んでいくのがはっきりと見て取れた。天真爛漫《てんしんらんまん》な笑顔でボウリングを楽しみ、照れもせずに親友への愛を口にする桃田が、実は悪い奴ではないとでも思い始めているのだろうか。だとすればそれは、あまりにも薄汚い欺瞞《ぎまん》だと思った。

「……瑞貴」

クラスメイトの一人が耳打ちしてきた瞬間、僕は咄嗟《とっさ》に意識を切り替える。まさかとは思うが、桃田たちへの殺意が顔に出ていたのだろうか。

僕の不安をよそに、彼の台詞は柔らかかった。

「お前から誘ってくるなんて珍しいな」

「そうか？」

「いーや、どうも最近のお前はいつもと違う。何かいいことあったか？」

「別に、たまにはボウリングもいいかなって思っただけだよ」

何にも答えていないような回答に、クラスメイトが満足してくれたのかどうかはわからない。ただ、僕が投げる順番がタイミングよく巡ってきたので、これ以上深く考える必要もなくなった。

当初予定していた二ゲームは終わったが、満場一致で一ゲームだけ延長する運びになった。男子の三人と藤宮が手続きのために受付に向かっている間、桃田がそわそわし始めていることに気付く。

レーンに残っていたもう一人の男子がトイレに向かった隙に、僕は用意していた台詞を投げた。

「どうしたの？　なんか落ち着かないけど」

「ここに来る前に煙草吸ってたらライターが切れてさー。まああと一時間くらいでしょ？　我慢しますよ」

計画が順調に進んでいることに、僕は内心で安堵した。

金曜日、いつものように体育の授業を欠席した逢崎が、桃田の鞄に入っていた一〇〇円ライターをすり替えたのだ。

　新たに仕込んだ方のライターは、あと数回使えば切れる量までオイルを抜いている。桃田が使っているライターの色は逢崎もうろ覚えとのことだったので、計一〇色のライターをネットで得た知識を元に細工していった。深夜の台所で義母の目を盗んで作業するのはかなり骨が折れたが、これで桃田を殺せるなら安いものだ。

　桃田が新しいライターを買っていた場合に備えて別の手も用意していたが、これでその必要もなくなった。

「俺のあるけど使う？」

「いいの？　てか灰村って煙草吸うんだっけ」

「あー、今は禁煙中。まあ俺もちょっと外の空気吸いたいからさ、今のうちに喫煙所に行こうよ」

「はーい！　ねえ、理来も行くよね？」

　時刻は午後一時半を過ぎたところだった。

　絵日記には『お昼ごはんを食べた後』とあったから、時間的にも丁度いい頃合いだろう。篠原も一緒に来るというのは想定外だったが、大して問題はない。要は、桃田だけが煙草を吸うように誘導すればいいだけだ。

　錆びついた外階段を降りた先に喫煙所はあった。

　そこはスタンド灰皿が一台設置されただけの簡潔な空間で、幸運にも僕たち以外の利用者はいない。当然ながら、隣のドラッグストアの駐車場からも見える位置だ。少し遠いとはいえ、殺人鬼が双眼鏡でも持っていれば桃田の顔も充分見えるだろう。

それから僕たちは、記憶にも残らないような世間話をした。駐車場から桃田が見えるように位置取りを調整する必要があったが、会話自体は適当に相槌を打っているだけで繋ぐことができた。

もし殺人鬼が既に駐車場にいるのであれば、この光景は確実に目に入っているはずだ。高校生のくせに煙草を吸い、他人を傷つけて笑っているような悪魔がここにいる。早く気付いてくれ。

案の定というべきか、連れてこられた篠原は煙草を吸わなかった。試しに一本を受け取ってメンソールカプセルの仕組みを観察してはいたが、口を付けることはついになかった。

これで、ターゲットが一人に絞られたわけだ。

「そういえば、二人はいつから仲良いの?」

心底興味はなかったが、場を持たせるために訊いてみることにした。

「私たち中学からの親友なのー! ね、理来?」

「うん。二年生の頃からだっけ」

二人は冗談めかして腕を組んで笑った。いつも藤宮佐紀を含めた三人でつるんでいる印象だが、同じグループ内でも序列というものがあるらしい。

「逢崎とも同じ中学なの？」

他のどの話題でもよかったのに、無意識に口を衝いて飛び出した言葉はそれだった。

とはいえ急に話題を変えるわけにはいかないので、僕は取り繕うように付け加える。

「ほら、いつも絡んでるからさ」

逢崎、という単語が新種の害虫か何かのように、桃田の表情は嘲笑に歪んだ。

「ああ、あいつ？　確か同じ中学だけど、あいつは学年が一個上だったから絡んだことはなかったかな」

最高のジョークを思いついたような表情で、桃田は続けた。

「てかさ、公立中学で留年するってまじヤバいでしょ。まあ本当は頭悪すぎたのが原因だろうけど、それじゃちょっと可哀想《かわいそう》じゃん？　だから援交をやりまくってたって情報を流して庇《かば》ってやったの」

「あの噂は桃田が原因なのか」

「そうそう。みんな結構信じててさあ、ほんと笑えない？　あんな陰キャが男捕まえられるわけないじゃん。金貰ってでもヤりたくねえよ」

「ネットにあいつの番号を晒したって聞いた」

「あはは、あれは流石にやり過ぎたわ。嘘を真実にしなきゃ可哀想だなって思ったんだけど、電話が鳴り止まなくなってさあ。授業中にかかってきた電話であいつが慌ててるのとか、ほんと笑い堪えるの大変だった。ねえ理来？」

「私らがかけた電話にも異常に反応してたよね。ほんと哀れだった」

「あれは理来がやったんでしょ！　まじ性格悪いわー」

恐ろしいことに、こいつらは自分たちが悪いことをやっていると理解しているのだ。理解した上で、その倫理感は逢崎に対しては適用されない。

相手が人間であると認めていない。

虐げられるたびに傷つき、壊れていく心があることを想像しようとしない。

逢崎の言動に怒っているわけですらないので、原因を取り除くこともできない。

僕は教室の隅で俯いたまま、桃田たちの回りくどい攻撃をやり過ごしている逢崎の姿を思い出した。彼女はいつも、どんな感情で降り注いでくる言葉を受け止めていたのだろうか。彼女らに対する殺意が芽生えたのは、いったいどのタイミングだったのだろうか。

自分たちが殺されるほど恨まれていると、この馬鹿どもは知っているのだろうか。

桃田が煙草を吸い終わり、また三人でレーンに戻ってボウリングを再開してからも、僕はずっと自分の殺意を飼い慣らそうと努めていた。

罪のない誰かが殺人鬼の毒牙にかかるくらいなら、この二人が生贄《いけにえ》に捧げられたほうがいいだろう。それはとても正しいことのように思えた。

何より、僕たちを愛によって殺そうとしてくる大人たちを、これから三人も殺さなければならないのだ。

だとすれば、こんなところで躊躇している場合ではない。

6

「ねえ、こういうのを非行って呼ぶのかな」

しばらく沈黙に身を任せていた逢崎が、僕の耳元でそう囁いた。

永浦市最大の川に架かる橋の上には風が強く吹き付けており、自転車の操作に集中しなければ転倒してしまいそうだった。二人乗りに慣れていない僕の場合はなおさらで、ハンドルを握る手には自然と力が籠る。

相槌を打つのが精一杯の僕を気にも留めず、逢崎は続けた。

「学校をサボって、男女二人でどこかに出かけるなんて」

「二人乗りも本当は禁止だしな」

「初めて聞いた」

「連続殺人鬼を利用して人を殺させるのも禁止だ」

「それも初耳」

二人分の重みを引き摺って、少し山なりになった橋を渡りきる。体育の授業くらいでしか運動をしないためか、駅から三キロ進んだ程度で息が切れてしまっている。我ながら情けない話だった。

「見て灰村くん、パトカーがたくさんいる。殺人鬼を探してるのかな」

「四人も殺されてるからな。近いうちに、高校にも警察が捜査に来るって聞いた」

「なんかさ、それって馬鹿みたいだね」

風に掻き消されることのない澄んだ声が、背中越しに響く。

「私たちがあの日記のことを教えれば、犯人なんてすぐに捕まるのに」

それがあまりにも正論すぎたので、僕は声も出さずに笑った。

橋を渡ってからもしばらく道なりに進むと、ようやく目的地が見えてきた。

車社会の地方都市にはありがちの、複数の商業施設が一か所に集まった区画。家電量販店、スーパー、スポーツ用品店、ホームセンター、全国チェーンの飲食店などが、過剰なほどに広大な駐車場を取り囲んでいる。

その中央に位置する複合型娯楽施設に行こうというのが、昨日逢崎が公園で提案してきたプランだった。逢崎の父親は学校を休むことについては何も言わないらしく、GPS付きの携帯を家に置いてくれれば問題ないとのことらしい。

「この田舎町に、こんなところがあったんだね」

駐輪場に自転車を停めていると、逢崎がそんな感想を漏らした。

「え、今まで知らなかったのか？」

「私はほら、あらゆる情報から隔離されてるから」

自嘲気味に笑う逢崎は今、眼帯や包帯を身に着けていなかった。

やはり重大な傷がそこに隠されていたなんてことはなく、夜を煮詰めたように昏い瞳と、幽玄な印象を感じるほどに白く透き通った肌が露わになっているだけだ。

長い黒髪が風に吹かれて乱れないように手で押さえる姿を見る限り、逢崎はまるで普通の女子高生のように思えた。所々に浮かぶ切り傷や青痣、目の下に刻み込まれた深い隈《くま》に目を瞑《つぶ》りさえすれば。

娯楽施設の一階は書店を併設したレンタルビデオ店になっていた。

入り口付近に飾られている恋愛映画のポスターを、逢崎は理解不能な前衛芸術のように見つめている。

「この映画にしても、今店内で流れてる曲にしてもそう。君を守るとか、愛こそ全てだとか、運命がどうだとか。皆は何がそんなに面白いんだろう」

「たぶん、それが普遍的なテーマだからだろ」

「赤の他人同士が発情してる様子を見守るのが普遍的なの？」

「……酷い言い方だな」

逢崎のそれは、自意識をこじらせた中高生による的の外れた批評とは少し違う気がする。なぜなら、映画や音楽が全肯定している『愛』という概念を盾に、彼女は父親から虐待を受け続けているのだ。

「父親が見せてくれる映画ではね」逢崎は無感情に言った。「家族の愛というものが、何の説明もなく、ただただ素晴らしいものだとして扱われてる。父親を演じる俳優が『お前を愛してるからやったんだ！』って告白しただけで、子供はこれまでに受けた仕打ちなんて全部忘れて、何かの発作みたいに突然涙を流して、納得できる理由もなく父親を許してしまう。これに共感できない奴は狂っているんだって、役者たちが画面の向こうにいる私に言い聞かせてくるみたい」

――物語にすら逃げ込めない私は、どうやって人生をやり過ごせばいいと思う？

いつか逢崎が言った台詞が、頭の中に反響していく。

普遍的なテーマでは拾いきれない現実というものは確かに存在する。僕や逢崎が知らないだけで、そういったものを扱った作品もたくさんあるのだろう。けれどそれらは普遍性に支配された市場からは弾《はじ》き出《だ》されてしまうので、必要なときに必要な人に届くとは限らない。

「行こっか」

少しすると興味を失ったのか、逢崎は奥にあるエスカレーターへと向かった。

二階はフロア全体がゲームセンターになっていた。平日の午前中というだけあって店内は閑散としており、賑《にぎ》やかな背景音楽だけが虚しく響き渡っている。ぱっと見た限り、店内にいるのはメダルゲームに興じる数人のお年寄りくらいだった。

フロアに足を踏み入れるなり、逢崎は近くにあったゴミ箱まで歩き、学生鞄から取り出したプラスチック製の小箱を見せてきた。

「それは？」

彼女は僕の問いには答えず、小箱の蓋を開けて中身をゴミ箱の中に棄てていく。

それらは全て錠剤だった。

総じて丸みを帯びた形状の、白や橙《だいだい》に塗り分けられた、それぞれ何らかの機能を持った化学物質の群れ。一瞬のことだったので定かではないが、ケースに入っていた錠剤の数は一〇を下らないだろう。

「今ので一日分」逢崎は笑いを堪えるのが精一杯のように見えた。「父親は私にこれを毎日服めって言ってくるの。愛すべきお前が病気で死んでしまうのは絶対に耐えられないからだって。笑えるでしょ？　本当にそんなの守ってたら、きっと一週間も保たずに死んじゃうのに」

「こんなに健康体なのにな」

「あいつは馬鹿だから、それが薬のおかげだって信じ込んでる」

逢崎がついに噴き出したので、僕もつられて笑った。相変わらず逢崎の目は醒めたままだし、僕の心も凪《な》いでいたが、それでも笑わずにはいられなかった。愛にまつわる全てを、ただの冗談にしてしまいたかった。

「とにかくさ、今日は楽しもうよ」逢崎は壊れたような笑顔のまま言った。「せっかくの達成会なんだし」

それから僕たちは、健常な高校生のような無邪気さで遊び回った。

リズムゲームの難易度の高さに腹を立て、お互いに未経験だったエアホッケーで無様な空振りを連発し、凄腕《すごうで》の兵士になりきってガンシューティングに興じたりもした。

すべてが完璧に流れていた。

この瞬間を切り取って、それが世界の全てだと言い張ることができたらいいのに。そんなことを、僕は臆面もなく思った。自分がなぜそんな感想を抱いているのかもわからないままに。

バイトを辞めたことが響き、ゲームに使える代金はあと少しになってきた。あと二、三回ゲームをすればもう帰りの時間が来てしまうだろう。

次に何をやりたいか選んでくれと頼むと、逢崎はしばらく迷った後、壁沿いに設置されているレーシングゲームの筐体《きょうたい》を指差した。

逢崎に百円玉を渡し、隣同士のシートに腰を沈める。お年寄りたちは皆メダルゲームに夢中なので、レースに参加する者は他に誰もいない。

「ねえ、どっちがブレーキ？」

「そこに書いてるだろ。ほら、もう始まる」

「あ、ちょっと待って！」

スタートダッシュに失敗した逢崎を置いて、僕の車は順調に走り出した。壁にぶつかることも少なく、最短距離を効率的に進むことができている気がする。

二周目に差し掛かったとき、僕は逢崎がハンドルから手を離していることに気付いた。彼女が操作するスポーツカーは架空の広告が印刷された壁面にぶつかったまま、永遠に同じ場所に留まり続けている。

「逢崎、何を」

その先を続けることはできなかった。

逢崎は先程までと寸分違わない完璧な笑顔で、間抜けな光景を眺めている。ひたすら壁に体当たりするだけでどこにも進めない車を、どんな形容も当てはまらない感情とともに見つめ続けている。

いつの間にかレースが終わり、オープニング映像がランダムに流れ続ける段になってもまだ、逢崎は実体の伴わない笑顔を画面に向けていた。

「……休憩しよう、逢崎。アイス奢ってやるよ」

何にも気付いていない演技を纏い、僕は提案する。

「アイスなんて、もう何年も食べてないな」

逢崎も僕の演技に乗っかって、何も起きなかったような顔で立ち上がった。

フロアの片隅にあるカフェテリアに、重厚な沈黙が降りてくる。自販機で買ったアイスを食べ終わっても、どちらが先に喋るべきかしばらく牽制《けんせい》し続けた。

「昨日はほんと、笑えた」観念して口を開いたのは逢崎だった。「担任の話を聞いた途端、クラス全員が狼狽えてたよね」

「丸二日も見つかってないなら、もうそういうことだもんな」

「おかしいよね。心配してるあいつらじゃなくて、私たちだけがあの子の末路を知ってるなんて」

「死体はまだ見つかってないんだよな？」

「それも時間の問題だよ。〈実行犯〉はたぶん、殺人の痕跡を消すことなんて考えてなさそうだし」

日曜日の夜から、篠原理来が家に戻っていない。

担任の宮田がそう告げたのは、火曜日《きのう》の終礼のときだった。

もちろん、それだけの情報で篠原の死を連想するのは早計かもしれない。だが、連日加熱する報道や街中で見かける警察官たちが、不幸な予感を増幅させていた。

最初に過剰な反応を見せたのは桃田だった。

桃田は例の甲高い声で泣き喚き、クラスの注目を一身に浴びた。篠原に起きた不幸を呪い、篠原への愛を叫び、残された者の悲しみを謳《うた》った。不思議なことに、桃田の中ではもう篠原が殺人鬼の毒牙にかかったことは確定しているらしい。

「理来がいなくなったら、私、どうやって生きていけばいいの？」

胃の底が少しずつ冷えていくのを感じた。

結局あの女は、その言葉を使いたかっただけなのだ。凶悪事件で親友を失った不幸な女子高生を演じて、周囲の関心を惹《ひ》きたかっただけなのだ。

そこで僕ははっきりと、殺されるべき相手はこっちだったんだな、と思った。

担任の宮田が宥《なだ》めても教室の騒めきが収まる気配はなく、終礼が終わっても皆その場に留まり続けた。焦燥と恐怖に掻《か》き回《まわ》された世界で、僕は逢崎の姿を探した。しかし、彼女がこちらを振り向くことはただの一度もなかった。

「煙草を吸ってたのは桃田だけだったのにな」

「〈実行犯〉は遠く離れた場所にいたんでしょ？　勘違いされても仕方ないよ」

あのとき、篠原理来は確かに煙草を吸っていなかった。桃田に渡された煙草を観察し、メンソールカプセルの仕組みについて説明を受けていただけだ。

だが、双眼鏡で喫煙所を覗いていた誰かからすれば、そんな背景など知る由もないことも本当はわかっている。〈実行犯〉はあの場で煙草を吸っていたのが二人だと判断し、そのうちの一人をターゲットに決めただけ。今回桃田を殺せなかったのは、間違いなく僕のミスだ。

まだ鼓膜にこびり付いている騒めきを振り払うため、僕は呟いた。

「とにかく、これで実験は成功だ」

「嬉《うれ》しそうだね」

「絵日記を使って人を殺せることがわかったんだ。当然だろ」

それが本心からの言葉であることに、僕ははっきりと安心していた。

そういえば、これで逢崎に対するいじめは収まるのだろうか。

気付くと、逢崎が肩の高さまで掲げた掌をこちらに向けていた。一瞬だけその意図を測りかねたが、すぐに彼女がハイタッチを求めているのだと気付いた。

「クラスメイトが殺されたんだぞ？」

「うん。きっと皆も喜んでくれるよ」

ぎこちない仕草で掌が打ち合わされ、乾いた音が鳴り響いた。こうして誰かと笑い合うのはいつ以来だろう。あらゆる背景を取っ払ってしまえば、どこから見ても美しい瞬間だと思えた。

誰も何も言わない時間がしばらく流れた後も、逢崎だけはまだ薄く笑っていた。瞳は虚ろだが、口角は不自然なほどに吊り上げられている。端的に言って、それは表情として破綻しているように思えた。

彼女は楽しげな音楽が蔓延するフロアを見つめたまま呟いた。

「私たちはあいつらをボウリングに誘っただけ。裁かれる理由なんてどこにあるの？」

「そうだな」

「やったことといえば、桃田のライターを盗んじゃったことくらいでしょ。それにしたって、別のライターを代わりにあげたわけだし」

「その通りだ」

逢崎はどこからか取り出した青色の一〇〇円ライターをこちらに投げてくる。僕は何とかそれを両手で受け止めた。

「これは灰村くんにあげる」

「煙草なんて吸わないんだけど」

「だって、これは戦利品だから」

戦利品。

逢崎は、わざと子供じみた表現を使う。

一人の人間を殺して得た戦利品がこんな粗末なライターだというのは少し笑えた。だって、これではあまりにも釣り合いが取れていない。

「ずっと大事に持っててね」

僕は静かに頷いて、ライターをズボンのポケットの中に仕舞いこんだ。少量のオイルが入ったただけのプラスチックの容《い》れ物《もの》が、嫌になるほど重かった。そう感じるのも無理はない。これは二人で犯した罪の証拠品なのだ。

逢崎は突然立ち上がり、悪戯めいた表情を浮かべて左手を差し出してきた。僕も彼女の手を取って立ち上がる。

なぜだかそれが、とても自然なことのように思えた。

「最後に一つだけ、やりたいゲームがあるけどいい？」

こちらの返事も待たず、逢崎は僕の手を引いて歩き始めた。掌に伝わる冷たい感触から、彼女の意図を推測することは難しい。

逢崎が立ち止まったのは、掌に収まるサイズのぬいぐるみが大量に積まれたクレーンゲームだった。名前は知らないが見たことはある程度の知名度の、白い熊を模した愛くるしいキャラクター。いつかの路上で、逢崎が偶然拾ったものと同じだ。

僕は財布の中身を確認する。

「あと一回しかできないぞ」

「……だったら、灰村くんがやって」

「僕が？　なんで？」

「私にも、戦利品のお返しをしてくれる？」

桃田から盗んだライターのお返しが可愛《かわい》らしいぬいぐるみというのには違和感があっ

たが、何も考えず乗っかってみるのも悪くないだろう。

とはいえ、たった一回の挑戦で手に入れるのは簡単ではない。

ぬいぐるみが積まれた山にアームを落とせば一つくらいは掴めそうに思えるが、それは店側の計算だろう。

こういうタイプのクレーンゲームでは、直接景品を掴むのではなく、落とし口の近くにある景品をアームで押してあげることが有効だと聞いたことがある。

僕は落とし口に半分ほど体を乗り出しているぬいぐるみをターゲットに定め、レバーを慎重に動かし始めた。軽快な電子音とともにクレーンが移動し、アームを開きながら下降していく。やがてアームの先端が白い熊の上半身を押さえ、落とし口の方へと傾けていく。

重心の均衡が破れ、ついに目当てのぬいぐるみが崖から落ちていった。

「やった！　すごい！」

掌大のぬいぐるみを差し出すと、逢崎は幼子のような笑顔で受け取った。装飾過多な店内の光景が滲んで、彼女の周囲を幻想的に彩っていく。何の変哲もないぬいぐるみを命よりも大切な何かのように抱えて、逢崎はこちらを見つめてきた。

「ありがとう、大切にするね。……ずっと証《あかし》が欲しかったんだ」

「証って？」

「私にも、楽しい瞬間があったって証明してくれるもの」

小さなゲームセンターで遊んだだけの、幸福とすら言えないはずの一瞬を形にして残しておきたかった――そう思わなければいけないほどに、逢崎の日常は壊れている。父親の異常な愛情によって、壊されてしまっている。

言葉の余韻が掻《か》き消《き》えても、逢崎は目を逸らしてくれない。

気付いた時にはもう、僕は呟いていた。

「もっと楽しいことなんて、いくらでもあるはずだよ。こんな田舎町で遊んでたってたかが知れてる」

「私はどこにも逃げられないよ」

「だからあいつらを殺すんだろ。あと三人殺せば、僕たちは自由になれる」

「ねえ、もしかして桃田のことを忘れてない？」

「ああ、そうだ。あと四人だったな」

楽しげな音楽に満たされたフロアで、僕たちは乾いたように笑った。この瞬間をどこにも閉じ込めることができないと知りながら、本当はまだ誰も救われていないことを知りながら、刹那的な幸福に身を浸した。

お互いの下手な演技を指摘することが、たまらなく怖かった。

7

翌日になっても、篠原理来はまだ見つかっていないようだった。

もはや、彼女が殺されたという説に懐疑的な者はほとんどいない。皆の動揺は思いの外大きく、昨日僕と逢崎が学校を休んだことを誰かに指摘されることはなかった。

もうひとつの変化といえば、桃田亜衣梨が逢崎を攻撃しなくなったことだ。

休み時間が来るたびに桃田は狙い澄ましたかのように涙ぐみ、他の女の子たちに慰められている。桃田が周囲からの同情を浴びて酔っ払っているのは明白だった。

別の楽しみを見つけたから、逢崎への興味が薄れた。

結局は、ただそれだけの話なのだろう。

心に蓋をして空虚な時間をやり過ごしている内に、僕はいつの間にか公園のブランコに揺られていた。しばらく待つと家にスマートフォンを置いてきた逢崎が現れ、次の殺人の計画を組み立て始める。

陽が沈み始める頃には、次の計画が出来上がっていた。

これはまさに賭けだ。

だがもしうまくいけば、〈実行犯〉が逮捕される前に全てのターゲットを葬ることも不可能ではなくなる。

先日の成功体験を経て、全てがいい方向に転がり出しているはずだ。あと数週間もすれば僕たちの日常は劇的に変化し、まともな人生というものを摑《つか》み取《と》ることができる。愛の素晴らしさを謳う、普遍的な物語に共感できるようになる。僕はそう思い込むことにした。


家に帰ったのは七時前だったが、まだ義母は帰宅していないようだ。定職にもついていないあの女が普段何をしているのかなど知ったことではないが、若作りが痛々しい不愉快な顔を見なくてもいいのは好都合だった。

適当に食事とシャワーを済ませて、僕は二階の自室に閉じこもった。以前の反省を踏まえて、出入り扉の前に学習机の椅子を置いて簡易式のバリケードとした。これで、放火でもされない限り殺される心配はないだろう。

まだ時刻は八時前だったが、特にやることもないので電気を消して布団に潜り込むことにした。眠気がやってくるまでの数時間はとにかく暇だ。他の皆は、どうやって家での時間をやり過ごしているのだろう。逢崎は娯楽を禁止されてずっと家に閉じ込められているが、よく考えれば自分も似たようなものなのかもしれない。そんなことを、今頃になって気付いてしまった。

それから、どのくらいの時間が経ったのかはわからない。

僕はまだ眠れずにいた。気温はそこまで高くないはずなのに全身が汗ばみ、運動もしていないのに息苦しさを感じ、聴覚が嫌になるほど鋭敏になっている。最近はずっとこういう状況が続いている気がする。

ふと、床の下から誰かの怒鳴り声が聴こえた。

間髪入れずにヒステリックな金切り声が響き、僕はようやく義母と金城が一階で口論しているのだと気付いた。少なくとも零時は回っているのだろうが、朝が来るにはまだ早すぎる。こんな時間に言い争わなければならない理由は何だ？

音を立てずに椅子を退《ど》かし、扉を開けて下の様子を窺う。それでもまだ話の内容までは聞き取れなかったので、僕は慎重に階段を下り始めた。

「……はあ？　今更私に仕事を探せっていうの？」

「それが嫌なら、ロクに使ってもないブランド物を売りに行けよ」

「ねえ、こんなことは言いたくないけど、あなたは私の金で生活してるのよ？」

「なあ美咲、このご時世に前科者がまともな仕事を見つけられると思うか？　もし俺のことを愛してくれてるなら、なんとか」

「それとこれとは、話が」

ミスを犯した自覚はなかった。

僅かな体重移動の際に床板が軋んだのだろうか。理由はどうあれ、二人の会話が不自然なタイミングで止まったのは事実だ。

慌ただしい足音が迫ってくる。

今更、物音を立てずに自室に引き返すことは不可能だ。

どうすればいい？　踊り場の陰に隠れればやり過ごせるか？

一瞬の躊躇が命取りだと気付いたときにはもう遅かった。

金城がリビングの扉を勢いよく開けて、階段を駆け上ってきたのだ。

自室に逃げ込んでバリケードを設置した方がマシだったと気付いたときにはもう遅く、金城は僕の髪を摑んで下へと引き摺り下ろしてきた。

「駄目だろ瑞貴くん、聞き耳なんか立てちゃ。よっぽどお父さんの教育が悪かったんだな」

金城はリビングに辿り着いたところで僕を突き飛ばした。嫌悪感を隠そうともせず見下ろしてくる義母と目が合ったが、腹部に受ける衝撃で視界が簡単に掻き回されていく。

数発蹴りを入れたあと、金城はどこか安堵したような表情を浮かべた。

別に保険金が尽きてもいいじゃないか。だってまだこいつがいる。

この人殺しは、そんな視線を義母へと向けていた。

「瑞貴。そういえば、あんたまだ今月の家賃を払ってなかったよね」

「お母さんに口答えしてんじゃねえぞ！」

再び衝撃が腹部に飛んできて、呼吸が一瞬断絶する。まともな思考もできずに空気を貪っている間に、金城はずかずかと階段を昇っていった。

金城が財布を持って降りてくるまでの数分間、僕は自分の殺意を押し留めるのに必死だった。駄目だ、今こいつらを殺したら罪に問われてしまうことになる。

殺すなら、あの殺人鬼を使ってだ。

こいつらのために人生を狂わされてたまるか。

そこで僕は冷たい床の下から疑問が染み出してくるのを感じた。

この二人を殺すことが、今の僕が生きる意味となっている。それは間違いない。

だが、その後は？

この二人を殺した後、僕はいったい何をするつもりなのだろう。

その先も続いていく人生に、どんな意味が残るというのだろう。

憂さ晴らしが済んで機嫌を直した金城と義母は、そのまま吸い込まれるように寝室へと消えていく。二人が去った後も、僕は冷たい床に這《は》いつくばり続けた。

もはや、起き上がる気力すら消え失せていた。

◆

次の日の放課後、僕たちはついに作戦を決行することになった。

今回の集合場所は例の公園ではなく、永浦駅東口にあるコンビニの前。逢崎が家にスマートフォンを置いてくるのを待つ間、僕は立ち読みをする振りをしながら昨日立てた計画を反芻する。

次に殺す相手は、灰村美咲と金城蓮。

愛に満ちた生活を維持するために僕を殺そうと企てる悪魔どもを、まとめて地獄に堕とすことが作戦の目的だった。

絵日記にはこう記されていた。

九月二八日（土）

国道にある赤いお城に、かいぞうされた赤い車にのった男の人と女の人が入っていくのを見つけました。

ふたりがいつまでたっても出てこないので、わたしは少しさびしくなって、車のブレーキにいたずらをしました。わるいことをしているみたいで、とてもドキドキしました。

『国道にある赤いお城』は、名前こそ知らないが男子高校生たちの会話によく登場するラブホテルのことだろう。そして、そこはあの二人がよく行っている場所であることもわかっている。先日リビングで発見したポイントカードの、カジノをコンセプトにした特徴的なロゴが看板と間違いなく一致していた。週末はたいてい二人でどこかに出かけているので、当日にそのホテルを利用する可能性も決して低くない。

問題は車の色だ。

金城が愛車にブラックライトを取り付けるような感性の持ち主であることまではいいが、奴は肝心の車体の色には黒を選んでいる。つまり、絵日記に書かれた条件には当てはまらないのだ。

だが、逢崎の提案が全てを覆してくれた。

「絵日記を書き換えてしまえばいい」

「馬鹿な」

「別に、全部を書き換えるわけじゃない。本文にある車の色を、黒に変えてしまうだけ。たった一文字だよ」

「……やっぱり駄目だ。そんな大胆なことしたら、〈実行犯〉か〈記入者〉のどちらかが気付くはずだ」

「本文は鉛筆で書かれてるから、違和感なく修正できるよ。一文字くらい変わったところで不自然には見えない」

「それでも、日記の内容を覚えてる可能性もあるだろ。僕たちみたいに、全ページを写真に残してるかもしれない」

「その点についてもたぶん大丈夫」逢崎は平坦《へいたん》な口調で続けた。「きっと〈実行犯〉は先のページを事前に確認してないはずだから」

「理由は？」

「だって〈実行犯〉は、一度失敗したシチュエーションに何度も挑戦してるんだよ。『八月二二日』と『九月一四日』の日記なんてまさにそうでしょ？」

　画面をスクロールさせてみると、逢崎が言及した二つのページは細かい部分こそ違うものの、どちらも「夜の繁華街で武器を持った誰かに襲われた」と書かれてある。

「もし〈実行犯〉にまともな判断力があったら、絶対に失敗するのがわかるような指示には従わないはず」

「四人殺してもまだ捕まってない相手を、ただの馬鹿だと言いたいのか？」

「というより、〈実行犯〉はきっと〈記入者〉のことを崇拝してるんだよ。たとえ滅茶《めちゃ》苦茶《くちゃ》な指示でも、絵日記に書かれている限りは絶対に疑わない」

　最初に絵日記を見つけてから、逢崎はずっと一人で活用法を考え続けてきたのだろう。

積み上げてきた推理が、色素の薄い唇から淀《よど》みなく飛び出してくる。

「そしてもうひとつ。絶対とは言い切れないけど、〈実行犯〉は二日に一回くらいの頻度であの廃ビルに行ってる」

「なぜわかる？」

「私もたまに、絵日記がまだあるか確認するためにあそこに行ってたから」

「……危険なことを」

「別に、今まで〈実行犯〉と鉢合わせたことはないよ。……それで、本文の末尾に書かれたバツ印が二日おきくらいに更新されてることに気付いたの」

確か、〈実行犯〉は絵日記に書かれた予言をクリアした場合は花丸と詳細情報を、失敗した場合はバツ印を赤ペンで記入している。

「〈実行犯〉が頻繁に廃ビルに通ってるなら、コピーを手元に用意しているはずはないってことか。……でも、〈記入者〉についてはどうだ？　流石に、日記を書いた本人が実物を見れば、細工されたことくらい気付くはずだろ」

「〈記入者〉は絵日記を書いた後、〈実行犯〉のことを放置してるんだと思う。たぶん、自分にリスクが及ばないように。もしこまめにチェックしてるなら、途中で絵日記を書き換えてなきゃおかしいよね」

「……なあ逢崎、根拠はあるのか？」

「もちろん、全部ただの推測だよ」逢崎は逃れ難い視線をこちらに向けてくる。「でも、少ない可能性にでも縋らないと、あの悪魔たちは殺せない」

もし犯人たちにバレて計画が駄目になったら、次は完全犯罪のトリックを新しく考えればいい。逢崎はそう言って、例の破綻した表情で笑った。

逢崎がコンビニに現れたのは、あと少しで五時半になろうかという頃だった。

窓ガラスを叩く音に振り向くと、逢崎が悪戯めいた表情を向けていた。今日も包帯や眼帯は家に置いてきたようだ。

雑誌を棚に戻して店外に出る。逢崎の目の下には酷い隈が刻み込まれていたが、それに触れることはついにできなかった。


「そういえば、灰村くんのお父さんは薬で殺されたんだよね？」

廃ビルへと向かう途中で、逢崎が突然そんなことを訊いてきた。僕はあくまで推測でしかないと前置きした上で答える。

「前に話した通り、あの女は晩酌の酒に変なものを混ぜてたんだよ。毎日少しずつ、毒殺が疑われないよう慎重に。元々血糖値が高かった父に、毎日油ぎった料理を振る舞うっていうおまけつきで」

「酷い話だね」

「……肝臓障害と糖尿病を併発して、毎日大量の薬に頼らなきゃ生きられなくなってたよ。最後の方は肌も黄土色になって、正直見ていられなかった」

「もしかしたら、お酒に入れてたのは風邪薬かも」

「風邪薬？」

「私もほら、他人事じゃないでしょ？　だから昔、父親の目を盗んで図書館で薬のことを調べたことがあるの。確か風邪薬の種類によっては、お酒に混ぜて飲むと薬肝障害を引き起こす可能性がある」

そういえば昔、風邪薬を大量に摂取させるという手口で保険金殺人を企てた事例をテレビか何かで見たことがある。義母と金城は、そこから着想を得たのだろうか。

「それに、糖尿病のインスリン注射だって怪しいよ。もしあなたの義母が注射を手伝ってたのなら……」

「確かに、毎日適切な量が使われてたはずがない」

逢崎の推理を聞いていると、間抜けだった当時の自分を殺してやりたい衝動に駆られた。僕がもう少し賢ければ、あの女が演じる良き妻という虚像に騙されていなければ、父は死なずに済んだかもしれないのだ。

「後悔してもしょうがないよ」逢崎はこちらを見ずに呟いた。「ほら、もう着いた」

ここを訪れるのはいつ以来だろう。二週間程度しか経っていないようにも、一年かそれ以上の時間が流れたようにも思える。

相変わらず廃ビルは世界から見放されていて、存在感がないほどにうら寂しかった。まさかこんな場所に、警察が血眼になって探している連続殺人鬼の手掛かりがあるとは誰も思わないだろう。

駐車場になっている一階部分を奥へと進みながら、僕はこの廃ビルについてネットで調べた情報を共有することにした。

「このビルだけど、一〇年前までは普通に会社が入ってたらしいな」

「へえ、何ていう会社？」

「怪しい部分なんて何もない、普通の設備会社だよ。名前は……なんだっけ。〈堂島住宅設備〉とか、確かそんな感じだった。たぶん、そこが倒産してからはずっと買い手がつかなかったんだろ」

「会社にいた人たちは、ここが殺人鬼のアジトになってるって知ったらどう思うんだろうね」

アジトなどという可愛らしい表現は、彼女なりの皮肉なのだろう。

実にならない会話を続けているうちに僕たちは倉庫に辿り着き、床に置かれていた菓子の空き缶から絵日記を取り出した。

本文末尾のバツ印は『九月二四日』の分まで書かれていた。ということはつまり、

〈実行犯〉が最後に来たのは一昨日ということになる。

　適当にページをめくっていると、迂闊《うかつ》にも、『九月二二日』のページを開いてしまった。鍔の小さな黒い帽子を被った子供が、ボウリング場の外で煙草を吸う高校生たちを眺めている日記。

　末尾には、大きな花丸が添えられていた。

「これでやっと確定」

「ああ、篠原理来は殺された」

　花丸の横に小さな字で注釈が記されている。

　そこには「車で自宅まで連れてきてから実行。死体は御笠山《みかさやま》の中腹に廃棄」とある。

　絵日記とは正反対の、漢字を的確に使った綺麗な筆跡で書かれていた。

「灰村くん、今はそんなのどうでもいいよ」

「……ああ。そうだな」

「用があるのは『九月二八日』だけ。早く書き換えよう」

　目当てのページを開き、「赤」の文字に消しゴムを当てていく。鉛筆は念のため様々な濃さのものを持ってきたが、どうやら2Bで問題なさそうだ。できるだけ筆跡を真似《まね》て「黒」と書き直し、菓子の缶にノートを戻す。

　達成感を微かに覚えたのも束《つか》の間《ま》、背筋を冷気が駆け抜けていった。

地の底を這うような鈍い響き。

これは間違いなくエンジン音だ。

誰かが乗った車が近付いてくる。徐々に速度を下げているのは、やがてそいつがこの廃ビルの前に停車するつもりということだ。根拠を伴わない、ほとんど超自然的と言っていい感覚が、確かにそう告げていた。

僕は必死に頭を巡らせた。

視野を最大限に広げ、眼球を忙《せわ》しなく動かして退路を探る。

「隠れよう」

気付いたときにはもう、逢崎の手を引いて走り始めていた。

もし車の主が〈実行犯〉または〈記入者〉だったとしたら、ここで見つかってしまうのは絶対にまずい。向こうが武器でも持っていれば数の有利など当てにならなくなるし、周囲は閑散としているため助けを呼ぶこともできない。

足音を立てないように注意しつつ駐車場から出て、通りとは反対方向にある非常階段を昇る。踊り場付近まで来ればもう、天井が死角になって駐車場の内部からはこちらが見えないはずだ。

僕たちは身を寄せ合い、全神経を耳元に集中させた。

悪い予感は的中し、車は廃ビルの目の前に停まった。扉が開き、強い力で閉じられる音が大気を揺らす。

革靴とコンクリートが奏でる硬質な音が、敷地内に侵入してきた。

足音は一階部分の駐車場を横切り、絵日記が置かれた倉庫の方向を目指していく。この迷いのなさは、どう考えてもそこに用がある証拠だ。

倉庫がある位置から僕たちが見えることはないと知っていても、喉元にナイフを突き付けられるような恐怖は退いてくれない。触れ合った右肩から、微細な振動によって逢崎の恐怖も伝わってきた。

刹那の瞬間が、飴《あめ》のように引き延ばされていく。

どれだけの時間が流れたのかはわからない。それは一分のようにも、あるいは一時間のようにも感じられた。あてにならない時空感覚に戸惑っているうちに、倉庫の扉が閉められ、誰かの足音がゆっくりと遠ざかっていく。

心臓が早鐘を打ち続けている。

示し合わせてもいないのに、僕たちは二人とも呼吸を止めていた。

息苦しさに気付いて口を開けても、酸素が歯の間から零《こぼ》れ落《お》ちていく。

排気音が余韻も残さず掻き消えていってもなお、生命機能がまともに動いている実感はなかった。

地獄のような沈黙がしばらく流れた後、逢崎が静かに呟いた。

「……大丈夫かな。見つかってないかな」

「心配ないよ」

「……私はね、灰村くん」逢崎は膝の間に顔を埋めて言った。「父親に指導されているとき、意識が身体から切り離されて、昏い海の底に沈んでいくのを想像してた」

急に切り替わった話題にどう反応すればいいかわからない。

逢崎の方も、こちらの返事など求めてはいないようだった。薄い色の唇が動き、温度のない言葉が紡がれていく。

「……父親に何をされても関係ない。たとえ殺されることになっても、何もかもどうでもいいと思ってた。だって本当の私は、ずっと海の底にいるんだから」

いつか教室で見た、逢崎の昏く冷たい瞳を思い出した。学校で一言も発さずに桃田たちの攻撃を耐えていたのも、誰かに助けを求めようとしなかったのも、全てを他人事のように捉えていたからなのだろうか。

彼女は今、どんな目をしているのだろう。

首を少し動かして確認するだけの動作が、まるで禁忌のように感じられた。

「絵日記を使った殺人を思いついたのだって、どうせ死ぬなら父親を道連れにしたかったってだけ」

僕は口を開けなかった。

きっと今は、どんな言葉も嘘になってしまうだろう。

「……でも、もう変わってしまった。見つからなくてよかった、殺されなくてよかったって……そんなことを、今、本気で思ってしまっている」

不意に吹いた横薙《な》ぎの風が、美しい黒髪を静かに梳《と》かしていく。

「……やっぱり忘れて。今言ったこと全部」

そこで僕はようやく、まだ彼女の手を握ったままであることに気付く。触れ合った部分に感じる温度から意識を逸らしていると、逢崎が慎重に言った。

「灰村くんは、もし全部が終わったら何をしたいの？」

愛を振り撒く悪魔どもを殺した先にある世界——そこで自分が生活しているイメージがまるで湧かないことに、僕は愕然とした。

自分が何をやりたいのかわからない人生はあまりにも空虚で、無意味だ。これでは、保険金のために殺されるのと何も変わらないのではないか？　もし本当に生きる目的がないのなら、僕たちが手を組んだことにも意味はないのだろうか？

適当な言葉で取り繕おうとしても、真横から吹き付けてきた疑問が浅い思考を掻《か》き乱《みだ》してしまう。

何とか絞り出したのは、まるで答えになっていない台詞だった。

「……そういえば、考えたこともなかったな」

「醒めてるって言われるでしょ、灰村くん」

「逢崎は？　逢崎は、父親が死んだあとどうしたい？」僕は苦し紛れに聞き返すことにした。「どこか行きたい場所とかさ」

しばらく考え込んだ後、逢崎は消え入るような声で言った。

「……私も、何も思いつかないな」

僕の掌の上を、逢崎の指先がゆっくりと撫でていく。

「ほら、色々あるはずだろ。土日に監禁されることもなくなるんだし」

指と指が絡み合い、体温と体温が混ざり合っていく。

「だって、もう何年もこの町から出てないんだよ。すぐには思いつかないよ」

お互いの手に込められる力が、緩やかだが確実に強くなっていく。

「じゃあ、次に会うときまでの宿題にするか」

繋がれた手が独立して重力を持ち始め、僕たちを下へ下へと引き寄せていく。

「……いいよ。灰村くんもちゃんと考えてきてね」

二つの存在が縺《もつ》れ合いながら、地の底まで墜ちていく感覚。

「……行きたい場所が決まったら、今度は旅行の計画も立てないと」

「なんか、すごい落差だね」

「殺人の計画なんて、流石に今回で終わりにしたいしな」

手を離すタイミングを見失ったまま、僕たちは黙ってその場に留まり続けた。

風に吹かれて乱れた前髪が邪魔をして、横からでは逢崎の表情は窺えない。僕はそれを、とても幸運なことだと思った。

それならまだ、気付かないままでいることができる。

半径零メートルの世界に生じ始めている何かの正体に。

僕たちの関係が、もう引き返せないところまで来てしまっていることに。

8

少し強い力で頭を撫でてくる、筋張った右手。

それが、僕が小学校に上がる前までの、父に関する記憶の全てだった。

かつての父は家にいる時間が極端に短かったし、たまの休みにはいつも昼過ぎまで眠っていたため、あまり会話をした記憶がない。それでも僕が父のことを恐れなかったのは、頭を撫でる右手に宿っていた何かに安心感を覚えていたからだろう。

父と過ごす時間が増えたのは、母が入退院を繰り返すようになった頃だった。今になってみれば、あの時父は母の死期が近いことを知っていたのだろう。父は家族の時間を何よりも優先するようになり、頭を撫でてくれる回数も随分と増えた。

思えばあの頃が、この人生における最良の時だったのかもしれない。

遠い過去の記憶が美化されているだけなのだとしても、瞼の裏に映る光景はいつも光に満たされている。

ただし、その期間はとても短かった。

母が病院のベッドで息を引き取った後、父は少し不安定になった。何日も家に帰らず仕事に没頭したかと思えば、次の週は丸ごと休みを取って僕を旅行に連れて行ってくれたりした。

　父は恐らく、悲しみとの距離感を測りかねていたのだろう。

　だから僕は子供ながらに、父とともにこの喪失を乗り越えていかなければと決意した。

幸福な日々とは言えないかもしれないが、僕たちはそれなりにうまくやっていたはずだ。

少なくとも、絶望に打ちひしがれるようなことは一度もなかったように思う。

「これからは私が、二人を支えてあげますから」

　僕と父の人生に割り込んできた、灰村美咲の最初の演技はとにかく完璧だった。

　愛に満たされた台詞に実体がないことなど感じなかったし、出会ったばかりの父の稼ぎをあてにするほど生活に困窮しているようには全く見えなかった。妻の死に傷ついた家族を献身的に支える、心優しき女性の姿がそこにはあった。

　今になってみると不自然な点は多い。

　灰村美咲が外で働いている様子がないのは勿論《もちろん》のこと、出会ってから結婚に至るまでの期間がかなり短かったのも不思議だった。次第に派手になっていく服装は普段の言動との整合性が取れていなかったし、父が出張に行った日は朝まで帰らないことも何度かあった。

　だがとっくに弱りきっていた父や、人の悪意に触れたことがない幼い僕が違和感に気付けるはずがない。父の体調が加速度的に悪化していってもなお、僕たちは無抵抗に侵略を許し続けた。

救いようのない間抜けだと、何度自分を断罪したことだろう。

だが、当時の僕は何かに縋らずにはいられなかったのだ。

義母が毎回きっちり一五分で父の見舞いを切り上げることを、ただの偶然だと思いたかった。

葬儀の間中ずっとハンカチで目元を押さえる義母の目が乾ききっていることを、見間違いとして処理したかった。

父が死んだら自分を守ってくれる者がいなくなることなど、質の悪いまやかしだと誰かに言ってほしかった。

既に手遅れとなった願望が渦を巻き、その中心に深淵《しんえん》が生み出される。

僕は濁った水の流れに引き摺られて、渦の中心に向かって墜ちていく。やがて為《な》す術《すべ》もなく全身が呑み込まれ、意識は闇のように深い青に埋められていった。


奈落の底に叩きつけられる感覚に襲われて、僕は目を覚ました。

ダイニングテーブルの椅子に深く座り直し、ペットボトルに半分ほど残っていた水を一気に飲み干す。

悪夢から醒めたことへの安堵はなかった。

それよりも先に、自分がどれくらい眠ってしまっていたのかを考える。スマートフォンを起動させて確認すると、ちょうど午前四時を回った頃になっていた。

つまり、日付はもうとっくに九月二九日に変わっている。

僕たちが書き換えた『九月二八日』の日記に従って、〈実行犯〉は国道沿いのラブホテルに停まっていた車のブレーキに細工を施しているはずだ。もしそれが金城の乗っている車であれば計画は成功──運が良ければ義母と金城は事故死し、僕が二人の愛のために殺される未来も書き換わる。

そして、灰村美咲と金城蓮は今のところ姿を見せていない。

だが二人が明け方まで帰ってこないことなどザラにあるので、まだぬか喜びはできないだろう。仮にブレーキが細工されていたとしても、通行量の少ない時間帯であれば重大な事故に発展する可能性は低いかもしれない。

僕は土曜日の夕方からずっと、電気も点けずにここで待ち続けている。

車の音が聴こえるたびに掻《か》き立《た》てられる不安に抗うように、逢崎と約束した宿題について考えてみた。あの二人が死んだあと、僕はどこに行きたいのだろうか。

いや、本当はそれよりも優先すべきことが残っている。絵日記を使って殺さなければならない相手は、まだもう一人いるのだ。

自分がなぜ、こんな思考に囚われているのか理解できなかった。

義母と金城を殺しさえすれば、僕自身の安全は保障される。逢崎の父親を殺す義理などどこにもないし、これ以上リスクを冒すのも非合理的なはずだ。

夕陽に照らされた横顔、ブランコの鎖が軋む音、眼帯の取れた左目に反射する光、彼女が時折見せる壊れきった笑み。

そこにある何かが、正常な判断を狂わせているのかもしれない。

それを無視してしまえる正当な理由を、僕は夜の淵《ふち》で探し続けた。


灰村美咲が帰宅したのは、午前五時を過ぎた頃だった。

玄関ドアが開錠される。エントランスの小物入れに鍵を乱暴に叩きつけ、喧《やかま》しい足音を鳴らしながら奴が近付いてくる。覚束《おぼつか》ない足取りでリビングに入ってくると、僕がここにいることにも気付かずに台所の冷蔵庫へと向かう。鼻孔を犯してくる酒の臭い。浅く速くなった呼吸。明らかに泥酔している義母は、大量に買い置きしていた酎ハイを手に取って、勢いよく喉に流し込んでいった。

義母が冷蔵庫の前にしゃがみ込んだまま酎ハイを呑《の》み干していく数分間を、僕はずっと近くで眺め続けた。

頭の中では失望と疑問が渦を巻き、怪物のように荒れ狂っている。

どうなっている？

なぜ怪我の一つもなく平然としていられる？

絵日記に書かれた予言は実現しなかったのか？

事故が起きなかったなら金城はどこに行ったんだ？

そもそも、この女はなぜこんな時間に帰ってきた？

僕たちの計画は、まさか失敗してしまったのか？

事態を呑み込めずに混乱しているのは義母も同じだった。今頃になって僕が座っていることに気付き、嫌悪と恐怖が入り混じった視線を向けてくる。

「……あんた、なんでもう起きてるの」

もはや、答える気力すらなかった。

それほどまでに僕は、この女がまだ生きているという事実に打ちのめされているのだろう。感情を取り繕う気には到底なれず、立ち上がった女を呆然と眺めるしかない。

「なによ、その目」

開けっ放しの冷蔵庫から漏れる光は頼りなく、義母の表情は濃い闇の中に隠されていた。声は震えており、ほとんど泣きそうなほどだったが、それ以上のことは何一つ計り知れない。

次に言った台詞の意味もまた、少しも掬《すく》い取《と》ることができなかった。

「まさかあんたもそうなの？　……あんたも、私を愛してないの？」

言葉の節々に、親とはぐれた幼児のような、寄る辺のない不安が纏わりついている。たった二千万円のために父を殺した悪魔が、まるで何かの被害者のように怯《おび》えている様子が腹立たしかった。

僕たちは失敗した。

この女を殺せなかった。

混沌《こんとん》とする状況の中で、確かなことはそれくらいだった。

義母はこちらが失意に打ちひしがれていることには気付いていない。アルコールでつまみが壊れてしまったのか、たがの外れた大声で捲《まく》し立《た》てていく。

「あの人の愛は偽物だった。私は……私はこんなに愛してるのにっ！　たくさん服を買ってあげたし、車のローンだって代わりに払ってあげてる。あの人が夢のために時間が欲しいって言うから、働かなくても済むようにお小遣いもあげてるのに……それなのに、それなのにあいつは裏切った！　私に嘘を吐いてあんな女とっ！　何なの、何がいけないの？　私の愛が足りなかったから？　……ふざけるなっ！　私はこんなに愛してるのに！」

愛してる。義母の口から放たれる言葉が、鼓膜に張り付いていく。愛してる。愛してる。愛してる。愛してる。愛してる。愛してる。愛してる。愛してる。愛してる。愛してる。愛してる。愛してる。愛してる。愛してる。愛してる。愛してる。

愛してる。

夫を騙して殺し、そうやって得た保険金で若い男に貢ぐだけの行為を、この女は『愛』と定義しているのだ。こんな笑い話が他にあるはずがない！

義母は冷蔵庫の中身を掻《か》き出《だ》しながら、ついには壊れたように笑い始めた。

「あはっ、あははははははっ！　それが何？　他の女を乗せてる最中に正面衝突ってさあ、ふざけるのもいい加減にしろよ！　どうせホテルに行く途中だったんでしょ、あはっ、だってあの辺に他の用事なんてあるわけないもんね。……てか、ホテル代もガソリン代も車検代も全部私の金だろうが！　返せよっ！　全部返せ！」

僕はテーブルに置いていたスマートフォンを手に取り、『永浦市　交通事故』と検索する。表示される検索結果一覧を目で追いながら、僕は溜め息を吐いた。初めからこうすればよかったのだ。最初からネットで調べていれば、こうして何時間も退屈な時を過ごさずに済んだ。なぜそんなことも思いつかなかった？

数十分前ニュースサイトに投稿された記事に、目当ての情報があった。


二八日夜、福岡県永浦市の交差点で、男女二人が乗っていた乗用車が対向してきたトラックと正面衝突する事故が発生した。この事故により、運転席に乗っていた永浦市の無職・金城蓮さん（三四）が病院に搬送されたが、約五〇分後に外傷性頭蓋底骨折で死

亡。同乗していた女性（二一）とトラックの運転手（四六）はいずれも軽傷で、命に別状はない。

要約する必要もないほど簡潔な文章に、僕は思わず笑ってしまった。金城蓮が辿《たど》った結末は、誰のコメントも得られないような平凡な記事で片付けられている。

他の記事やＳＮＳなどを漁《あさ》ってみようとは思わなかった。どうせ、事故の原因はブレーキの故障以外に有り得ないのだ。

「あああ。ああああああ。あああああああ」

灰村美咲は相変わらず泣き喚いていたが、その涙が愛する人を喪《うしな》った悲しみから来ているのか、自分の金で若い女に浮気されたことへの怒りから来ているのかはわからなかった。

「あああ。あああああああ。あああああああ」

義母の嗚咽《おえつ》があまりにも耳障りだったので、僕は静かにその場を後にする。自室に戻って眠る気にもなれなかったので、玄関で靴を履いて外に飛び出した。

少しずつ目覚め始めた住宅街を駆け抜けていく。

どれだけ走っても、筋肉の疲労や息苦しさは感じなかった。ほとんど無意識のまま、僕は迷うことなくあの場所へと運ばれていく。

午前五時五〇分の公園は、まだ静寂に包まれていた。

もちろん人の気配などはなく、茂みが風に煽られて立てる音以外には何も存在していない。街に生きる人々が繰り広げる営みと、この場所が地続きにあるとはとても信じられなかった。

僕の足は自然と、風に吹かれて微かに揺れているブランコへと向かっていた。いつかとは違い、今ここに先客はいない。薄青色の世界にぽつりと佇《たたず》む無人の遊具は、どこか死にたがっているようにも見えた。

どうしてこうなったのかは、今となってはわからない。

どうして僕はここで逢崎と出会ったのか。

どうして絵日記を使った殺人計画は始まったのか。

どうして高校生が考えたような杜撰《ずさん》な計画が、二度も成功してしまったのか。

どうして二人の人生は、ここまで狂ってしまったのか。

悪い運命が舞台と配役を整えて、このブランコに二人を誘導した——そのように考えることができたらどんなに楽だろう。だが全ては僕たちが選び取った現実でしかなく、今更何かに責任を求めることはできない。そして、既に動き出した歯車を止めることは誰にもできない。

風に吹かれて無抵抗に揺れる木の板を見ていると、喉の奥から溢れてくる乾いた笑いを抑えられなくなった。

　僕は声も出さずに笑いながら、錆びついた鎖を握って木の板をでたらめに振り回してみた。無軌道に暴れ回る様子が哀れで、更に笑いが込み上げてくる。何がそんなにおかしいのかもわからないまま、僕はしばらく笑い続けた。笑いは次第に言語を伴い始め、ついには叫びに変換されていく。

「ははっ、ざまあみろっ！　お前は死んで当然だったんだ！」

　心にわざと波を立てるように、僕は叫び続けた。

「僕のことをいずれ金に変わる家畜とでも思ってたんだろ！　逆に殺された気分はどうだ？　それとも頭悪すぎて、殺されたことにも気付いてないのか？」

　近隣住民に通報される可能性を冷静に考える頭を、僕は更なる絶叫で麻痺《まひ》させようとする。

「篠原、お前もだ！　人を虐めるような人間は、自分に牙が向くことをまるで考えちゃいない！　そんな馬鹿は死んで当然なんだっ、とっとと地獄に堕《お》ちろ！」

　ふと、背後に誰かの気配を感じた。

　心臓を射抜かれたような錯覚に陥り、呼吸がぴたりと止まる。

　振り向いて目を凝らすと、街灯に照らされた舞台の外側から、黒い猫がこちらを覗いているのが見えた。不吉な姿をした生き物はこちらに同情するような目線をくれたあと、すぐに興味を失って茂みの奥へと引き返していく。

今度は笑うこともできなかった。

◆

「それでは……灰村瑞貴さん。どうぞお入りください」

扉から顔を出したスーツ姿の男に導かれるまま、僕は音楽室へと足を踏み入れた。盗み聞きを警戒しているのか、扉からかなり離れた位置に二台の机が向かい合わせで並べられている。黒いカーテンは完全に閉められていた。

「福岡県警捜査第一課の山倉《やまくら》と申します。そちらに立っているのが部下の伊藤《いとう》です」

厳《いか》めしい顔をした五〇がらみの男と、まだ二〇歳そこそこに見える長身の若い男が警察手帳を差し出してくる。どう反応すべきかわからず軽く頭を下げた僕に、山倉と名乗る刑事は切り出した。

「今回皆さんにお話をお聞きしているのは、永浦市で今も続いている連続殺人事件に関する情報を集めるためです。今わかっているだけでも三人が殺されており、あなたと同じクラスの篠原理来さんも行方不明になっています」

もう何十人という相手に同じ説明を繰り返してきたのだろう。長い台詞は、息継ぎのタイミングまで完璧にコントロールされている。

「警察としては、一刻も早く皆さんが普通の生活に戻れるよう、事件の早期解決を望んでいます。もしあなたが知っている情報があれば私たちに教えてくれませんか？　不審な男を見かけたとか、どこかで物音を聞いたとか、些細なことで構いません」

「すみませんが、ニュースで見た情報くらいしか」

「これまでの目撃情報から」刑事は僕の言葉を遮って言った。「犯人は恐らく三〇代から四〇代の男性です。野球帽を被った不審な男が、ホームセンターで斧やロープを購入していたという情報もあります」

――帽子。

それはまさに絵日記でも描かれていたアイテムだ。黒い帽子を被った子供が、何かしらの凶器を後ろ手に隠しながらターゲットを観察している光景。刑事が話す目撃情報は、まさにその記述に当てはまる。

僕は何とか当たり障りのない感想を絞り出すことができた。

「ああ、それも確かニュースで見ました。……まさか、斧で殺された被害者もいるってことですか？」

「今のところそういった情報はありませんが、店員はその人物をよく見かけると話していました。まだ死体が見つかっていないだけの事件もあるかもしれません」

「そんな……」

「今明かせる情報はこれくらいですが、そこから何か思い出すことはありませんか？噂で聞いた程度の話でも構いません」

「……さあ。すみません」

ここで絵日記のことを話せばどうなるのだろう。

パイプ椅子から立ち上がって扉まで歩きながら、ふとそんなことを考えた。踵を返して机に戻り、この数週間に起きた出来事を全て明かせばどうなるのか。本当は〈実行犯〉とは別に共犯者がいて、そいつが絵日記を介して殺人の指示をしていると伝えたら、彼らはどんな反応を示すのだろう。

ただ、逢崎が話すことは有り得ない。それだけは断言できる。

ならば、僕も秘密を守らなければならないだろう。

死ななければならない相手はまだいるので、連続殺人鬼にはしばらく野放しになっていて貰わないと困る。


全員分の事情聴取が終わり、平穏な昼休みが流れていく。今日は水曜日なので、五限は選択科目となっていた。音楽・美術・書道の授業にクラスメイトたちが分かれて、それぞれの目的地へと歩いていく。

少し先を、逢崎愛世が一人で歩いているのが見えた。

あれだけ奇異の目を向けられていた彼女が、今は匿名を決め込む背景のように周囲と同化していた。すぐ横を早足で通り過ぎていく桃田にも逢崎のことは見えていない。彼女の存在を視認できるのは、もしかすると学校に僕しかいないのかもしれない。

ふと、隣を歩くクラスメイトが溜め息を吐いた。

「事情聴取なんて初めて受けたわ。緊張したー……」

「何でお前が緊張するんだよ。まさか犯人なの？」

「あれっ、確かに怪しいなあ」

いつものように、近くにいた連中が会話に加わってくる。最初に口を開いたクラスメイトは、少し声のトーンを落として笑った。

「やめろよ、んなわけねえじゃん」

「だったら何で緊張するんだよ」

「あの刑事……山倉さんだっけ？　あの人めっちゃ威圧感あったじゃん。そりゃ緊張もしますよ」

「まあ確かに。敬語なのも余計怖かったな」

いつまでも相槌を打っているだけでは不審がられるので、僕も適当な感想を呟いた。口を離れた一秒後には内容すら忘れてしまうような、意味を伴わない言葉。こういう時間をやり過ごすにはそれで充分だと、僕は知っている。

だが、今回はいつもと様子が違った。

僕が喋った言葉がよほど不適切だったのか、あるいは何か別の原因があるのだろうか。

クラスメイトたちが一様に、引《ひ》き攣《つ》った表情をこちらに向けて固まっていた。

少しして僕は気付いた。

そういえばここ数日、クラスメイトたちとまともに会話をした記憶がなかったのだ。

事情聴取の感想を語り始めた奴にしても、僕以外の誰かに話しかけたつもりだったのだろう。ずっと輪の外側にいた人間が急に会話に加わってくれば、気味が悪いと感じるのは当たり前のことだ。

再び自我が曖昧になり、時の流れに従って身体が自動的に運ばれていく。

いつの間にか美術の授業が始まっていた。

その日のお題は比較的シンプルなもので、各々が持参した手鏡を見ながら自画像を描くというだけの内容だった。

いつものように、後ろの席から教室を見渡してみる。

クラスメイトたちは一言も発することなく、手鏡とキャンバスに視線を往復させていた。普段は休憩時間としか思っていないはずの授業に没頭する様子は、誰もが平和を取り繕うために必死であることを物語っている。

一通り教室中を眺めた後、隣の席の逢崎を見る。彼女も他の生徒と同様、一心不乱にキャンバスへと向かっていた。

熱心な授業態度はともかく、描かれている絵の方にはかなり問題がある。

輪郭は綺麗に描かれているのに、顔を構成する他のパーツの位置が定まっていない。鼻や口は極端に顔の中心線から外れた場所にあるし、両目に至っては輪郭をはみ出してキャンバスの右端と左端に配置されている。絵日記のことを知らなければそれとは判別できないほど汚い絵で、黒い帽子やロープ、ナイフや斧などのモチーフが無造作に散りばめられていた。

心象風景を表したように無秩序な絵を見て、僕は思わず吹き出してしまった。逢崎もこちらを振り向いて、押し殺すような笑みを見せた。

逢崎が指を差した方を見ると、僕のキャンバスにも同じくらい無秩序な絵が描かれている。もはや笑うしかなかった。世界に笑えることなど何一つなくても、笑っていなければやっていられなかった。

「……そこ。真面目にやりなさい」

美術教師が注意した方向にいた僕たちを、クラスメイトたちが次々と盗み見てくる。普段よく話していた何人かは、明らかに怪訝な表情を浮かべていた。

そういえば、僕はいつも学校でどんな人格を演じていたのだろう。

いま作っている表情だと違和感があるのだろうか？

健常な高校生のように振る舞えてないのだろうか？

果たして、そんなことを気にする必要など本当にあるのだろうか？

気付くと僕は画材を片付けて立ち上がり、何やら適当な理由を述べて教室の外へと向かっていた。恐らく、「気分が悪いので保健室に行きます」といった種類の台詞を吐いたのだろう。引き留める者は誰もいなかった。

無人の廊下に、底の擦り減った上履きの間抜けな音が響く。窓の外では雨が降り始め、他の教室では名前も知らない生徒たちが教師の演説に耳を傾けている。

保健室へと続く連絡通路を渡っていると、突然全てが馬鹿馬鹿しく思えてきた。

僕は踵を返して、自分の教室へと向かう。

考えてみれば、やらなければならないことは他にもたくさんあった。学校にいる意味など一つもないのだから、このまま鞄を回収して家に帰ろう。自室のベッドの上でゆっくり、灰村美咲と逢崎享典を殺す方法を考えよう。いつもの時間になったら公園に行き、必死に考えた計画を逢崎に伝えるのだ。

もう、それ以外の全てがどうでもいいと思えてきた。

夕暮れ時の公園で逢崎と殺人の計画を立てる瞬間が、今の僕を構成する全てなのだ。

それ以外にはもう何もいらない。クラスメイトたちに溶け込むための演技など、ここらで棄ててしまっても問題はないだろう。

教室の扉を開けると、僕の机に誰かが座っているのが見えた。

「ここは保健室じゃないよ」

逢崎愛世が、悪戯めいた表情でこちらを見つめている。眼帯や包帯は机の上に丸めて置かれていた。

僕は心の底から安堵していた。

逢崎が相手なら、もう何かを取り繕う必要はない。

「逢崎、もう帰ろうか」

「宮田先生には何も言ってないけど、いいの？」

「日頃の行いがいいから大丈夫だよ」

逢崎は溜め息とともに立ち上がり、くしゃくしゃに丸まった眼帯や包帯をスカートのポケットに突っ込んだ。

「そういえば、傘持って来てなかった」

「まだ小雨《こさめ》だから心配ないだろ」

「本格的に降ってきたら？」

「その時はその時だよ」僕は当然のように言った。「一緒に濡《ぬ》れて帰ろう」

学校を出て数分歩いていると、雨脚が急に強くなり始めた。

強すぎる雨は白い紗幕《しゃまく》となって景色を覆い尽くしていく。鞄を傘代わりにしていても何の意味もなく、上下左右から容赦なく冷たい雨が叩きつけてくる。水を吸って重くなったシャツが肌に貼り付き、不快感が膨れ上がっていく。道行く車は、どれも昼間なのにライトを点けていた。

傘もないのに学校を出た判断を呪う僕とは対照的に、逢崎は跳ねるような足取りで人気のない商店街を進んでいた。水溜《みずたま》りに足を取られて転びそうになりながら、近くを通り過ぎる車が蹴立てた飛沫《ひまつ》を側面に浴びながら、そのたびにこちらを振り返りながら、心から楽しそうに歩いていく。

「風邪ひくなよ、逢崎」

「私、こう見えて身体強いから。大丈夫だよ」

「あんなに大量の薬を服まされてるのにか？」

「灰村くんこそ、風邪で寝込んでるうちに殺されないでね」

生命にかかわるような笑えない冗談すらも、僕たちの間では自然と交わされるようになっていた。実際には、半分以上は冗談ですらないのだから余計に笑える。

やがて逢崎は横断歩道の手前で立ち止まり、顔に貼りついた前髪を掻《か》き上《あ》げながら言った。

「そろそろどこかで雨宿りしない？」

「もう手遅れだろ」

「いいから、どこかで話そう」その笑顔はまるで、心ない怪物のようだった。「どうせ二人とも、帰る場所なんてないんだから」

しばらく周囲を探していると、目ぼしい場所が見つかった。

テナント募集中の貼り紙が黄ばんでしまうまで貰《もら》い手《て》が見つかっていない、シャッターの下りた商店。雨音に叩かれて激しく音を立てるトタン製の庇《ひさし》の下に入り、僕たちは豪雨からようやく解放された。

鞄に偶然入っていたタオルを投げ渡しながら、僕は呟いた。

「そういえば、金城蓮が死んだよ。絵日記に書いていた通り、ブレーキを細工されてトラックと正面衝突」

「義理のお母さんの方は？」

「あいつはまだ生きてる。金城と一緒にホテルに行ってたのは、一回りも年下の若い女だったんだ」

事故から丸一日以上経った今も、灰村美咲はずっと自分の部屋に閉じこもったままでいる。金と打算だけで繋がっていた相手に奴が何を期待していたのかはわからないが、あの不愉快な顔を見なくて済むのはいいことだ。

「灰村くん」

「ん？」

振り向くと、逢崎は肩の高さまで上げた掌をこちらに向けていた。僕もすぐにそれに応え、掌と掌が打ち合わされる。乾いた音が鳴り響くはずだったが、流石にそれは目の前で降りしきる豪雨に掻き消されてしまった。

前回の殺人、篠原理来が殺されたあとにゲームセンターでやったのと同じだ。殺人が成功するたびに、僕たちはぎこちない仕草でハイタッチを交わす。ままごとのようなやり取りだとは思うが、僕は確かに達成感を覚えていた。

「とにかく、全てがいい方向に進んでる。僕が殺される心配はしばらく無くなったし、逢崎、お前も学校で虐められなくなった」

「しかも、私たちは直接手を下さずにね」

逢崎はまだ笑っていた。注意して見なければ当人が壊れていることに気付けないほどに、極めて精妙に作られた笑顔だった。

「全部が順調に進んでるよ。この調子で頑張ろう」

「……ただ、〈実行犯〉が捕まるのは時間の問題だ」

雨は一向に収まる気配がない。僕は路面に落ちては跳ね返る無数の水滴を眺めながら続けた。

「どのくらい証拠隠滅してるのか知らないけど、さすがにこの短期間に五人はやり過ぎだよ。目撃証言がたくさん集まるのは当然だ。警察はもう、帽子を被った不審者の情報までは仕入れてるみたいだしな。……そうなると」

「殺せるのはあと一人だけ」

「ああ、そのくらいに考えた方がいいと思う」

逢崎がタオルに顔を埋《うず》めて頷くのを確認して、僕は用意していた結論を提示した。

「最後のターゲットは逢崎享典だ」

どうやら異論はないようだった。

僕はそれから、逢崎享典に関する情報を可能な限り訊き出した。

年齢は四八歳で、北九州にある会社まで毎日車で一時間近くかけて通勤している。近所付き合いは皆無に等しく、絵に描いたように冷徹で神経質な性格。病的なまでに規則正しい生活をしており、土日は毎回必ず同じ時間に家を出て、昼過ぎに買い物を済ませて帰ってくる。買い物袋から推測するに、いつも同じ大型スーパーやホームセンターに行っているようだ。それらは確か、僕と逢崎が学校を無断欠勤して行ったゲームセンターと同じ複合商業施設内にある。

「また絵日記を書き換えるの？」

「ただでさえ、中年男性がターゲットになってるページは少ないからな」僕はこの数週間の間に、全てのページの内容を頭に入れていた。「一番近いのは『一〇月一三日』だけど、二週間も待ってたら〈実行犯〉が先に捕まってしまう」

「今週末にはもう仕掛けた方がいいかもね」

「……まあ、絵日記の書き換えが有効なのはもうわかってるんだ。それに逢崎享典が毎週同じ店に買い物に行ってるなら、行動を操る必要もない」

「なんていうか、拍子抜けだね。最後の殺人がこんなに簡単だなんて」

「それだけ僕たちが上達してるってことだよ」

腹の底に溜まる疑問も、逢崎の目の下に染みついた隈も、この殺人がうまくいけば消えてくれることだろう。

「……逢崎」

「なに？」

「そういえば、前に話してた宿題のことをまだ訊いてなかった。逢崎は、全てが終わった後どこに行きたい？」

僕の方は結局、現実味のないイメージしか思い浮かばなかった。

淡い光に満ちた芝生の大地を、二人で並んで歩いている。交わしている会話の内容はわからなかったが、二人の間にはとにかく笑いが絶えなかった。世界に悲劇という概念が存在しないかのように、僕たちは笑い合っていた。

曖昧な光景にピントが合っていく前に、逢崎は口を開く。

「……電車に乗って、終点まで行きたい。九州の北の端の駅で降りて、フェリーか何かで関門《かんもん》海峡を渡って、向こう岸に辿り着きたい」

「……下関《しものせき》か。確か水族館も、小さいけど遊園地もあったな」

「別に、遊びに行くわけじゃないよ。九州から出てしまえば、私たちのことを知ってる人なんて誰もいなくなる。そこでならきっと、何にも怯えずに歩けるはずなんだ」

ここから下関なんて、各駅停車を乗り継いでも一時間足らずで行くことができる。料金だって、一人二千円もかからないだろう。

あまりにも近すぎる目的地を、逢崎は手の届かない幻の場所のように語った。父親に縛り付けられ、未来を塞がれている彼女には、そんな些細な夢すら遠すぎる。

僕は、たまに夢に出てくる灰色の壁のことを思い出した。終わりが見えないほどに巨大な壁の前で立ち尽くす自分。目を凝らせば見えるほどの場所で、同じように壁に手を当てている少女の姿。

二人が目指している場所は、本当はすぐ近くに存在しているのだ。

ただ、目の前を塞ぐ壁が巨大すぎて、そこに辿り着く未来を信じられないだけだ。

「下関なんてすぐそこだよ。逢崎」

「地図の上ではそうだね」

「……必ず現実にしよう。さっさと父親を殺して、ちょっとバイトでもして金を貯《た》めればすぐにでも出発できるよ。一緒に九州から出よう」

「本当に？」

「僕たちはもう二人も殺せたんだ。できない理由がない」

それは本心からの言葉だったが、逢崎は頷いてはくれなかった。

それから僕たちはしばらくの間、下関に行った後に何をしたいかを話し合った。すっかり濡れてしまったスマートフォンでおすすめスポットを調べながら、色々なことから目を背けながら、旅行の計画を立て続けた。

雨に晒された身体が、無視できないほどに冷えてきた。何を話せばいいのかも少しずつわからなくなってくる。そろそろ帰らなければならないことを、僕たちは何も言わずとも感じ取っていた。

どんな感情が込められているのかわからない双眸で、彼女は白に覆われた景色を見つめている。

僕はその横顔を、とても美しいと思った。

美しく、そして儚《はかな》い少女の姿が、白く霞《かす》んだ世界の中に浮かび上がっている。

もうこれ以上、何を喋ればいいのかもわからなくなってしまった。

狂ったように降り続ける雨が、二人の間の沈黙をいとも簡単に埋めていく。

9

翌日、登校した僕を迎えたのはいくつもの視線だった。

疑念と嘲弄、幾許《いくばく》かの好奇心。それぞれが好き勝手な表情で僕を見ているが、こちらが睨み返すと皆一様に目を逸らした。

恐らく、昨日の美術の授業での一件を不審に思われているのだ。

逢崎も一緒に早退したことを、二人揃って無断欠席した九月二四日と結びつけてしまう噂好きも何人かいるかもしれない。ゲームセンターで知っている人間は見かけなかったはずだが、気付かないうちに二人でいるところを目撃された可能性もある。

連中の視線は少し遅れて教室に入ってきた逢崎へと向かい、その後すぐに僕へと戻ってくる。誰も何も訊いてこないのは、この視線に相当数の悪意が含まれていることを全員が自覚しているからだろう。

必死に普通を取り繕っていた人間の塗装が剝がれていく様を、彼らは至上の娯楽として楽しんでいる。友人と言ってもいい間柄だった連中の心変わりも、何かの責任を押し付けるように睨みつけてくる桃田も、その周囲で励ましの言葉を囁く取り巻きどもの媚《こ》びた表情も、全てが気持ち悪かった。

「灰村、ちょっといいか？」

朝礼が始まるまであと数分しかない。すぐに終わる話だと判断して、僕は教室の外から手招きしてくる担任教師の宮田についていった。

「どうした灰村。最近ちょっと無断欠席が増えてるみたいじゃないか」

「欠席したのは一日だけですよ」

「昨日も突然学校を抜け出したと聞いた」

「それは……体調が悪くて早退しただけで」

「逢崎と一緒にか？」

「……ちょっと、なにが言いたいんですか」

「不純異性交遊がどうとか、そういうことを言いたいんじゃないんだ、灰村。高校生なら恋愛なんて自由にやっていいし、それを咎《とが》める気もない。ただな、恋愛にかまけて学校をサボってしまうのは教師として見過ごせない」

不純異性交遊？　恋愛？

僕と逢崎の関係を、そんな平和な言葉で片付けてしまうのか？

お門違いだとわかっていても、宮田に対する不快感を隠すことはできなかった。

「家庭の事情も色々あるんだろうが……」見当違いのアドバイスが飛んでくる予感がした。「たまには大人を頼れ、灰村」

「なにも問題なんてないですよ」

「前は部活が休みの水曜日がいいって言ったが、今はそもそも部活自体が禁止だからな。いつでも気兼ねなく相談してくれていいから」

「だから、大丈夫だって……」

全てを理解したような笑顔で、宮田は僕の反論を遮った。両肩を掴んで教室へとエスコートして、背中を軽く叩いて着席を促す。理解ある教師の優しさというものをぶつけられてしまうと、これ以上何かを言い返すのは不可能だった。

いつの間にか変わり果てた世界に、僕だけが取り残されてしまったようだ。

加速する風景についていけずに、時間が次々と吹き飛ばされていく。

込み上げてくる感情で溺れそうになるたびに、僕は逢崎の姿を探した。

いつもと変わらず沈黙を貫く彼女の、誰にも理解されない強さに縋りたくなった。

授業の終わりを告げるチャイムで我に返る。

気付くともう六限が終わって、掃除時間が始まっていた。前の黒板に貼られている担当表を見れば、今週から僕は教室の掃除に担当が変わっているようだ。

僕は早く公園で殺人の相談をしたい一心で、流されるように作業に加わった。

机を持ち上げて教室の隅に寄せていく。

完璧に練り上げた作戦を、早く逢崎に話したかった。

机を持ち上げて教室の隅に寄せていく。

逢崎享典を地獄に堕とすための、完璧な一行を早く発表したかった。

机を持ち上げて教室の隅に寄せていく。

全てが終わった後の二人の未来について、一刻も早く語り合いたかった。

机を持ち上げて教室の隅に寄せていく。

持ち上げた机の端に、何かが記されているのを見つけた。鉛筆で書かれたメッセージには、『早く帰ってきてね。寂しいよ……。　亜衣梨』とある。

僕はようやく、これが篠原理来の机であることに気付いた。

彼女が四人目の犠牲者になったことは、正式にはまだ判明していない。桃田亜衣梨は親友の死にも気付かないまま、哀れにもこんなメッセージを残しているのだ。

——それこそが、取り巻きどもが信じているおとぎ話だろう。

少し考えれば、行方不明になっている篠原にこんなメッセージが届くはずがないことくらいわかる。つまり桃田は、わざわざ人の目に触れる場所にメッセージを書いてまで悲劇の主人公を演じていたいのだ。逢崎への攻撃を止めたのも、自身の悲劇性を高めるための計算でしかない。

実際、藤宮だけだった取り巻きは今では五人ほどにまで増えている。桃田の企みは大成功だ。この女を殺すチャンスがもうないかもしれないことが、こんなにも悔しいとは思わなかった。

ただ、殺された後もカースト政争の道具にされている篠原に、僕は同情など少しも感じていなかった。そんな自分が誇らしくすらあった。どれだけ惨《むご》い殺され方をしていようと、彼女が逢崎を痛めつけていた悪魔である事実は変わらないのだ。

床の拭き掃除が終わり、机を元の位置に戻す作業に移る。

僕はまた篠原理来の机を持ち上げた。自己愛に塗れたメッセージをなるべく見ないように、努めて慎重に移動させていく。

元の位置に置いた衝撃で、机の中から白い物体が零れ落ちてきた。

それはくしゃくしゃに丸められたメモ用紙で、広げてみると数枚が重ねられていることがわかる。どの紙にも、丁寧な書体の文章が長々と記されていた。

最初の一行を目で追っていく内に、後頭部が痺《しび》れていくような感覚が襲い掛かってくる。

悪い予感――そうとしか形容できない。

背筋が凍え、足元がぐらつき、指先の感覚が麻痺していく。

これを読んではならない、と直感した。

今すぐ紙を丸めて机の奥に戻すか、ゴミ箱に放り込んでしまうか――そういった対処をするべきだ。これ以上関わってはならない。

だが理性による制止などまるで役に立たず、僕はメモ用紙をズボンのポケットに入れて駆け出していた。まだ掃除をしている生徒たちに奇異の目を向けられながら、廊下の窓を拭いている逢崎の後ろ姿から目を逸らしながら、僕は走り続けた。

掃除道具を片付けている一学年下の生徒たちを掻き分けて、男子トイレの個室へと飛び込む。

便器に座り、一度深呼吸をしてから、僕は震える手でメモ用紙を開いた。

丸められていたため四枚全てに皺《しわ》が寄っているが、紙自体はほとんど劣化していない。文章は細身のシャーペンで丁寧に書かれているが、何度も書き直した跡が黒い染みとなって残っている。

ここに書かれていることが、篠原の本心であることに疑いの余地はない。

そんなことに気付いてしまう自分が、この上なく憎かった。

僕は鼓膜を叩きつける警告を無視して、紙いっぱいに記された小さな文字を目で追っていく。

逢崎さんへ

こんなことを書くのは、もしかしたらとてもずるい行為なのかもしれません。

告白することで、自分がスッキリしたいだけだと言われても否定できません。

だからもし、逢崎さんがこの手紙を不快だと思った時は、読まずに捨ててもらっても構いません。わたしに、それを責める権利はないと思っています。

実はわたしは、中学二年生から三年生の途中まで、桃田亜衣梨からいじめを受けていました。

当時の私は今よりも一〇キロ以上太っていて、友達から体型をバカにされることもありました。でもそれは仲のいい友達同士のお決まりの展開のようなものだったので、深刻に受け止めることは一度もありませんでした。

二年生になって、亜衣梨が同じクラスになってから全てが変わりました。

逢崎さんならわかると思いますが、あいつはウソをついて周りの人たちに取り入るのがとても得意です。亜衣梨はいつの間にか私たちのグループに入ってきて、皆と同じように私の体型をからかってくるようになりました。

最初のうちは、別にそこまでひどいことを言ってくるわけではなかったはずです。

これは後になって気付きましたが、亜衣梨はそのとき、ただ様子を見ていただけなんです。グループの女の子たちをこっそり観察して、誰だったら自分の下に置けるのか、誰だったら自尊心を満たす道具にできるのかをチェックしていたんです。

結局、ある日を境に亜衣梨の言葉はどんどん鋭くなっていきました。

私が何か発言するたびに小声で「ブヒブヒ」と囁いたり、数日間連続で無視してきたり、床に落ちたパンを食べるよう強要されたこともありました。

亜衣梨のことはもちろん許せませんでしたが、今まで友達だと思っていた皆もあいつの側についたことが本当に悲しかった。

結局私は、二年生の三学期が終わる頃から、一時期学校に行けなくなりました。

亜衣梨が中学生の頃に誰かをいじめて不登校にしたっていう噂が出回ってますよね。実は、それが私だったんです。

三年生になってからは担任の先生が亜衣梨とは別のクラスになるようにしてくれて、遅れていた勉強の面倒も見てくれたおかげで、何とか卒業することができました。

人と接するのが怖くて友達はできなかったけど、亜衣梨たちと離れることができて心が落ち着いていたのが大きかった。不登校の時期にほとんど何も食べなかったおかげで、本当は健康的によくないことだけど、目に見えるくらい痩せることもできました。

私はこれで変われる。そう思って私は永浦西高に入学しました。

でも、私の希望は簡単に打ち砕かれました。

わざわざ書くまでもない事実だけど、亜衣梨も同じ高校の生徒になっていたんです。

私はあいつの進路をしっかり確認していなかった。私は本当に、もうどうしようもないくらいに馬鹿だった。何度自分を責めたかもわかりません。

幸い、一年生の時は別のクラスだったので、亜衣梨とは一度も関わらずに済みました。

だけど今年、二年生になってから同じクラスに……。

またいじめられる。いじめられて、不登校になってしまう。最悪のパターンを色々想像して落ち込んでいると、亜衣梨がついに話しかけてきました。

私はそのときの言葉を、一生忘れることができないと思います。

「理来じゃん、久しぶり！　よかった、クラスに知ってる子が誰もいなくて困ってたんだよね」

ふざけてるな、と思いました。

亜衣梨の中では、私が受けた傷も、一時期不登校になっていた事実も、全部無かったことになっていたんです。昔自分が何を言ってきたか忘れているはずがないのに、まるで親友みたいな顔をして抱き着いてくるあいつが、本当に許せなかった。

だけど亜衣梨はウソをついて人に取り入るのが得意なので、一年生の頃から私と友達だった佐紀とも、いつの間にか仲良くなってしまいました。本当は怒りをぶちまけて拒絶したかったけど、中学時代の自分を秘密にしている私が強く出られるはずがありません。

私の代わりのターゲットに逢崎さんが選ばれてからも、亜衣梨に全部を壊されるのが恐《こわ》くて止めることができませんでした。それどころか、亜衣梨の目を気にして私もひどい言葉を……。

逢崎さんにひどいことを言って、そのせいで自分をまた嫌いになって、でも亜衣梨には何も言い返せなくて、いつしか亜衣梨の目がないところでも逢崎さんの悪口を言ってしまうようになって……。

こんなの、もう本当に疲れました。

たとえ私がまたいじめられるようになったとしても、こんな気持ちのまま生きていくよりは絶対にマシ。

もうこれ以上、逢崎さんを傷つけたくない。

もうこれ以上、自分を嫌いになりたくない。

本当に反省しています。謝って済むような問題だとは全く思えないし、これが私の自己満足で終わってもいいから、それでも謝らせてください。

本当にごめんなさい。

許してくれなくても構いません。私はきっと、それだけのことをしたと思うので。

逢崎さん、最後まで読んでくれてありがとう。

いつか、普通の友達みたいに笑い合える日が来ることを願っています。

九・二〇　篠原理来

もっともらしい謝意を述べているが、結局篠原理来はこれを逢崎に渡さなかった。紙をくしゃくしゃに丸めて机に突っ込んで、全てをなかったことにした。それが彼女の決断だった。そもそもこんな手紙は、自分の罪悪感を軽くするための道具に過ぎないのだ。篠原理来は、逢崎への攻撃を後悔などしていなかった。桃田に逆らえない自分の弱さを断罪してはいないし、心からの謝意を伝えようともしてなかった。

僕は繰り返し自分に言い聞かせる。

何度もそうやって自己弁護を続けるが、そのたびに目の前にある手紙が愚かな考えを否定してくる。

何か、見落としているものはないか。

この女を悪魔に仕立て上げるための根拠はどこかにないか。

手紙を何度も読み返して気付いたのは、この手紙が書かれた日付が『九月二〇日』になっていることくらいだった。

——それは、篠原理来が殺される二日前だった。

僕はいつの間にか頭を抱えて蹲っていた。

手紙に水滴が落ちているので、もしかしたら涙を流している可能性もある。次第に身体の震えが止まらなくなり、胃の底から不快感が込み上げてくるのを感じた。

僕は慌てて便座を跳ね上げて、胃の中のものを全て吐き出した。昼に食べた菓子パンの残骸を全て排出しても嘔吐は止まらず、胃酸の混じったただの液体を垂れ流し続けた。

嗚咽も止まらなくなり、次第に声を押し殺すこともできなくなる。今が終礼時間中でなければ、間違いなく誰かに聞かれてしまっているだろう。

この手紙は、残酷な事実を証明している。

あまりにも残酷で、何の救いもない事実だ。

篠原理来は逢崎への攻撃を後悔していたし、桃田に逆らえない自分の弱さを断罪していたし、心からの謝意を伝えようとしていた。

篠原理来は、殺されなければならないような人間ではなかった。

彼女は、車で連れ去られ、斧で殺されて、死体を御笠山の中腹に廃棄されなければならないような悪魔では断じてなかった。正常な優しさと、それを表現できない弱さを持ち併せた女の子だった。彼女は過去の記憶を、犯してしまった罪を乗り越えて、幸福な未来を手に入れるべきだった。

取り返しのつかないことをした。

僕と逢崎は、何の罪もない高校生を殺してしまったのだ。

書店で〈実行犯〉に見初められて殺された男子高生についてはどうだ？

彼も篠原と同じように、殺される謂《い》われなど一つもない、善良な高校生だったのではないか？

あの絵日記を見つけた時点で警察に通報していれば、少なくとも彼らはターゲットにされることなく、平和な日常を過ごせていたはずだ。幸福な未来に続く道が、途中で崩れ落ちてしまうことはなかった。

現実味のない想像が、頭の中を支配していく。

もし篠原が殺されることなく、この手紙を逢崎に渡していれば。

もしそうなっていたら、逢崎は少しだけでも救われたのではないか？

閑散とした平日のゲームセンターで、冷たい雨の降りしきる商店街で、あんな風に壊れた笑顔を浮かべなくてもよかったのではないか？

逢崎愛世は、怪物にならずに済んだのではないか？

僕は何とか個室から這《は》い出《で》て、洗面台へと向かう。蛇口を限界まで捻《ひね》って水を流しながら、汚液がこびりついた口許を拭う。

顔を上げると、青ざめた表情をした僕自身が鏡に映っていた。

そして、僕は力なく笑った。

すべての答え合わせが完了したような気分だった。

クラスメイトたちが僕に向けていた視線の意味を、今なら正確に理解できる。

当然だ。普通の感性をしていたら、こんな奴とは絶対に関わりたくはない。

瘦せこけた頬、紫に変色した唇、夜行性の動物を想起させる眼光、目の下に刻み込まれた酷い隈。

疑いの余地など何一つなく、そいつは殺人者の顔をしていた。

10

そのまま教室には戻らず、鞄も何もかも置き去りにしたまま、僕はいつもの公園へと向かった。

シャツの胸ポケットの中には篠原理来が遺した手紙が収まっている。結局、この公園に辿り着くまでの間には、これをどう処理すればいいのか思い付かなかった。

この手紙を逢崎に見せたらどうなるのだろう。

僕たちの行動が救い難い悲劇を招いたと知ったとき、彼女はどんな反応を見せるのだろうか。

罪の意識に押し潰されて、心が完全に壊れてしまうのかもしれない。

あるいは、完全に開き直って怪物への進化を加速させるのかもしれない。

手紙のことを打ち明けて、結末を確定させるのが怖かった。しかも今回は、運命がどちらに転んでも地獄しか用意されていない。

堂々巡りの思考に迷い込んでいるうちに、太陽が西に傾き始めていた。

「ああ、やっぱりここにいた」

橙色の逆光を背にして、逢崎愛世がゆっくりと歩み寄ってくる。表情がはっきり見える距離まで近付いてきた頃には、心臓が痛いほどに脈動し始めていた。瘦せこけた頰、紫に変色した唇、夜行性の動物を想起させる眼光、目の下に刻み込まれた酷い隈。

彼女も僕と同様に、疑いの余地など何一つなく、殺人者の顔をしていた。

こんなに近くにいたのに気付けなかった。いや、気付かない振りをしていただけなのかもしれない。自己防衛本能が思考に制限をかけて、逢崎の変貌を知覚できないようにさせていたのだ。

乾いた地面に水が吸い込まれていくように、凄まじい速度で理解が浸透していく。

思えば、逢崎の壊れた笑顔をよく見るようになったのは篠原理来が殺された翌日からだ。あれは復讐を果たしたことへの達成感から来るものではなかったのではないか？

仮初の笑顔を表面に貼り付けることで、自分は罪悪感など覚えていないという虚構を作り上げていたのではないか？

目の下に刻み込まれた隈が——何日間もろくに眠れていないという事実が、それを証明しているのではないか？

信じたくもない現実に打ちひしがれる僕を尻目に、逢崎は木の板に座って昨日の続きを話し始めた。逢崎は口角を無理矢理持ち上げながら、時に作り物めいた笑い声を上げながら、殺人の計画を嬉々として語る。

今の僕には、その様子が逃避にしか見えなかった。

足首を摑もうと追《お》い縋《すが》ってくる何かから逃れるために、自分は怪物になれたのだと必死に言い聞かせている。それがあまりにも痛々しかったので、僕はこれ以上直視することができなくなってしまった。

もし手紙のことを知らせれば、間違いなく逢崎は壊れてしまうだろう。

これ以上罪を重ねていけば、逢崎は怪物になることもできずに、自重に押し潰されて死んでしまうだろう。

二人しかいないブランコで過去を曝け出した日の記憶も、

学校を無断欠席して行ったゲームセンターの輝きも、

殺人鬼から逃げるために繫いだ手の感触も、

未来を語り合う二人を濡らした雨の冷たさも、

そこで感じた何かさえも巻き込んで、全て嘘に変換されてしまうだろう。

そんなことはあってはならない、と思った。

地獄の底にも確かに救いがあったことを、逢崎にも覚えていてほしい。各駅停車で一時間足らずで着くような町にくらい、何の決意もなく行ってほしい。そんな程度の、誰もがわざわざ口にしないほどありふれた予定を、実現不可能な夢のように語らないでほしい。

ようやく気付いた。

僕はずっと、逢崎に普通の人生を摑み取ってほしかったのだ。

きっと、それこそが僕の生きる意味だ。やっと見つけ出すことができた。

「逢崎」

「ちょっと、いま説明してる途中なのに」

「もう計画《それ》は終わりだ」

「え？　なにを言って……」

わかりやすく動揺する逢崎の目を見ないよう、僕は淡々と続けた。

「そろそろ、警察に絵日記の存在を伝えるべきだと思う」

「そんなことしたら、〈実行犯〉が捕まっちゃうよね？」

「それでいいんだ。あんな人殺しは今すぐ捕まるべきだ」

「ふざけてるの？」

「恨むなら勝手にしろ。僕は警察に伝える。捕まりたくないなら、もうこれ以上あれには関わるな」

この世界で生きる縁《よすが》を失う絶望に抗うように、逢崎は首を振った。

「なに、もう怖くなったの？　それとも自分が殺したい人間はもう死んだから、誰かにバレる前に損切りしようってこと？」

「違う」

「じゃあどうして」

「……初めから、誰か信頼できる大人に相談してればよかったんだよ。僕の義母のことも、逢崎の父親のことも」

「そんなことをしても、あいつらが止まるはずがない。むしろ、殺される日付を早めてしまうだけだよ」

そんなことはわかっている。

僕は喉までせり上がってきた言葉を必死に押し留める。

逢崎の父親が生きている限り、何をどうしても地獄は終わらない。そんなことくらい、とっくに気付いているのだ。

誰かに助けを求めるということは、父親の愛を否定してしまうということを意味する。逢崎享典はそれを許さないだろう。警察やどこかの施設の職員が動いていることがバレたら、自暴自棄になった奴が発作的に凶行に走る可能性も否定できなくなる。

だが僕がここで、それを認めてしまうわけにはいかない。

僕がこれからしようとすることに、逢崎を巻き込んではならない。

「灰村くん」

風に掻き消されてしまうほどに小さな声で、逢崎は呟いた。

「世界に二人きりだと思ってた。私たちを救えるのは、私たちだけだって」

──ああ、僕も本当は同じ気持ちなのに。

甘えと願望に満ちた台詞を丁寧に嚙《か》み潰し、どうにか声を振り絞る。

「……そんなのは錯覚だよ」

それを最後に世界から言葉が消え、軋みながら揺れるブランコの音さえも静寂に埋め尽くされていく。僕たちは何も言わず、永遠と見紛《みまが》うほどの間見つめ合った。

逢崎の眼窩《がんか》に満たされた疑問に吸い込まれそうになるが、必死に堪える。

この決断を無駄にしないために、僕は彼女を拒絶しなければならない。

やがて逢崎は立ち上がり、世界が終わった表情のまま去っていった。遠ざかる背中を見つめながら、僕は拳を握り締める。

これでいい。逢崎にこれ以上罪を重ねさせず、その上で地獄から連れ出すためには、こうする他に術はなかった。

絵日記のことを警察に伝えるのは本心だが、それは今すぐにという話ではない。

──今週の土曜日、逢崎享典を最後の犠牲者にしてから、僕はこのおとぎ話を閉じるつもりでいる。

そこに逢崎を付き合わせるわけにはいかなかった。

どれだけ憎んでいたとしても、実の父親を殺すような業を彼女に背負わせるわけにはいかない。ここで決別するのが最善手なのだ。

逢崎享典は、僕一人で殺す。あの男の身勝手な愛を、僕が否定する。

たとえどんな危険を冒すことになるとしても。

たとえ自身の手を血で染めることになるとしても。

あの男を殺さなければ逢崎はいつか虐待死してしまう――それだけの理由があれば、僕は躊躇なく悪魔に手を貸すことができる。

陽が完全に沈むまでブランコに揺られ続けていると、自分がなぜそこまでしようとしているのかがわかってきた。逢崎に纏わりつく現実は自分の人生には関係ないはずなのに、わざわざ身を挺《てい》して介入しようとする愚かさの原因が。

この公園で逢崎と出会ったあの日、自分の人生が自分のためにあるわけではないと思い知ったあの日、僕は死ぬ方法を探し回っていた。

あのとき逢崎と出会っていなければ、愛にまつわる地獄を共有できていなければ、僕は間違いなくどこかで野垂れ死んでいた。それほどまでに僕は生きる気力を失い、青ざめた死に憑りつかれていた。

僕は最初から、逢崎愛世に救われていたのだ。

だとすれば、今度はこちらの番なのだろう。

逢崎と別れた木曜日のうちに、絵日記の書き換えは完了した。
絵日記には、大きな建物の前で紐《ひも》状の何かを持って佇む子供が描かれていた。絵の下にある本文は、やはり子供が記した日常としては不自然なものだ。

◆

一〇月五日（土）
おうちの電球がこわれてしまったので、でんき屋さんに買い物に行きました。
買い物がおわると、きげんの悪そうな太った女の人がちゅう車場でどなり声をあげているのが見えました。
わたしはこわくなって、午前のうちにおうちにかえることにしました。

以前聞いた情報では、逢崎享典は毎週土曜日の午前中、複合商業施設にあるスーパーやホームセンターへ買い出しに行っているという。いつか逢崎から聞いた話や、彼がまい、ともだった頃に更新していたSNSのアカウントによって、大体の容姿や車の種類も把握している。

僕はそれらの情報に従って、絵日記の舞台を『でんき屋さん』から『ホームセンター』に、ターゲットを『きげんの悪そうな太った女の人』から『きげんの悪そうなメガネの男の人』に書き換えた。

あとは何とかしてターゲットを『午前のうちに』『ちゅう車場でどなり声をあげている』という条件を満たすように誘導するだけだ。上手くいけば、逢崎享典は〈実行犯〉に後を尾けられて、ロープを使って絞殺されることになる。

とはいえ、面識のない大人の行動を操るのは難しい。

これまでの経験から、たとえ誘導が上手くいったとしても〈実行犯〉がその場面を見ていなければ意味がないこともわかっている。そもそも、逢崎享典が午前中に買い出しに来る保証すらないのだ。

恐らく、今回の計画は失敗に終わるだろう。

ただ、そうなっても問題はない。僕はとっくに覚悟を固めていた。

もし月曜日になっても訃報が届けられなかったら、今度は自分自身の手で逢崎享典を殺せばいい。ただそれだけの話だ。

自分が法的にも殺人者になることを覚悟してからは、学校に行く気力など完全に失《う》せてしまった。結局金曜日は家から一歩も出ることなく、一日のほとんどを布団にくるまって過ごした。夕方頃に食事を摂《と》りに台所へ向かったが、灰村美咲はまだソファの上でうなされていた。四六時中酒に浸された状態で、昼も夜もない生活を送っているのだろう。もはや殺意すら湧かなかった。

やがて眠れない夜が明けて、土曜日がやってくる。

11

複合商業施設の各店舗が開店する一時間前から、僕はホームセンターの入り口付近にある駐輪場に張り込んでいた。ここからなら広大な駐車場全体を見渡せるため、他の店に入っていく客の姿もなんとか確認できる。

店舗が開店し始めた午前一〇時になると、徐々に車が敷地内に入ってきた。店舗に近い場所に停めた車から、名前も知らない人たちが次々と降りてくる。まだ時間が早いだけなのか、連続殺人事件の影響があるのかどうかはわからないが、車の数はさほど多くないように思えた。

怪しまれないようにスマートフォンを弄《いじ》る振りをしている間、未《いま》だに姿を見せない連続殺人鬼について考えてみた。

報道や噂話から得ることができる情報は限られている。この前事情聴取を受けた感じからすると、警察も決定的な手掛かりは掴めていないのかもしれない。

それも仕方のない話だと思う。

なぜなら、殺人鬼の行動にはまるで一貫性がないのだ。

連続殺人の被害者は普通、ある共通した特徴を持っているケースが多いとニュースで聞いたことがある。連続殺人鬼のほとんどは男性で、本人の性的嗜好に殺戮衝動が結び付くのが一般的だからだそうだ。被害者の共通点を元にプロファイリングを行ない、犯人像を絞り込んだ事例もたくさんあるのだと、聞いたこともない大学の客員教授を名乗るコメンテーターが語っていた。

しかしこの連続殺人鬼は、ターゲットなど誰でもいいと思っている。あくまで絵日記に書かれた予言が最優先で、殺す相手は男だろうと女だろうと、子供だろうと成人だろうと関係ない。今のところ被害者に学生が多いのも事実だが、それは成功したのがたまたまその日だったから、という理由に過ぎないだろう。

もし〈実行犯〉が性的な興奮を鎮めるために殺人を犯しているのだとしたら、その対象になっているのは被害者たちではなく、絵日記に指示を残した〈記入者〉なのではないだろうか。

あんな間接的な指示で、恐らくは金銭的な見返りもなく人を殺すのは、〈記入者〉への狂信的な感情がなければ考えにくい。

まあ、どうでもいいことだ。

この二人一組の殺人鬼は、いわば舞台装置でしかない。

愛を振り撒く連中を殺すために、悪い運命が僕と逢崎に与えてくれた最後の切り札。

そうでなければ、彼らこそが悪い運命そのものなのかもしれない。

そんな存在を理解しようとすることに、どんな意味があるというのだろう。


正午まであと三〇分を切った頃、ようやく標的の姿が視界に入ってきた。四〇代前半ほどに見える長身の男が白いセダンから降り、こちらに向かって歩いてくる。

一目見た瞬間に、そいつが逢崎享典であることがわかった。

銀縁の丸眼鏡と、世界の全てを嫌悪しているかのように神経質な眼差し。白いシャツとベージュ色のチノパンという清潔な格好がいやに不気味で、長い背丈を窮屈そうに屈《かが》めて歩く姿は、逢崎から聞いた偏執的な性格を容易に連想させた。

緑色の野球帽を深く被っているのは、深層心理に一人娘を虐待しているという後ろめたさがあるからなのだろうか。

人相はほとんど別人と言っていいほどに変わっているが、その他の特徴はＳＮＳのアカウントに載っていた家族写真とほぼ一致する。

あの男が、逢崎愛世を身勝手な愛で地獄に縛り付けている張本人だ。

親の庇護《ひご》がなければ生きられない哀れな娘という設定を作り上げ、歪んだ理想で彼女を支配している悪魔。逢崎に不必要な薬を服用させているのも、意味のない眼帯や包帯を着けさせているのも、指導と称して暴行を加えているのも、虚飾に満ちた愛の言葉を浴びせかけているのも、全てこの男だ。

僕は駐輪場から離れ、自動ドアの奥に消えていく男を追いかけた。

逢崎享典は迷いのない足取りで店内を進み、フロアの中央付近にある陳列棚の陰へと入っていく。毎週のようにホームセンターに来なければならない理由など思いつかないが、目的もなくぶらついているわけではなさそうだ。

通路を挟んだ反対側の陳列棚の前に立ち、横目で様子を窺う。

奴は温度を感じさせない目で梱包《こんぽう》資材のコーナーを物色していた。大小様々な段ボールやガムテープ、布製のシートなどをじっくりと品定めしている。

引っ越しの作業でもするつもりなのかと怪訝に思っていると、逢崎享典はとぐろを巻いて棚に積まれてあるロープを手に取った。麻の繊維で編みこまれた頑丈なタイプで、人の体重くらいは簡単に支えられそうだ。

背筋に冷たいものを感じたが、それだけで何かを判断することはできない。この田舎町では休日に農作業をしている会社員なんて腐るほどいるし、ロープだって何らかの用途に使えるかもしれない。

とにかく、奴が何を買ったのかは今回の計画には関係ない。

そろそろ駐車場に戻り、奴に『どなり声』を上げさせなければならないのだ。

僕が見てきた限りでは駐車場で怒鳴っていた人物はまだいないので、ここで計画が成功すれば〈実行犯〉が必ず見つけてくれるはずだ。

戦利品を手にした逢崎享典は、心なしか安堵したような表情でレジへと向かっていた。僕は不自然に思われない程度の速さでターゲットを追い越し、奴がレジに並んでいる間に店を出る。

奴が乗ってきた白いセダンへと歩きながらスマートフォンを見ると、時刻は一一時四六分と表示されていた。

絵日記に書かれていた『午前中』が終わるにはあと少ししかない。僕はパーカーのフードを被り、意味もないのに早足になる。

白いセダンの後部座席には買い物袋がいくつか置かれていた。中には紙箱が大量に入ったドラッグストアの袋もある。逢崎に服ませている毒薬に違いないが、ここからでは薬の種類までは流石にわからない。

しばらく待機していると、ホームセンターから逢崎享典がようやく出てきた。

そのまま隣にある大型スーパーに向かおうとしているが、悠長に買い物を待っている時間は流石になさそうだ。

逢崎享典の身体がこちらを向いており、かつ周囲に人がいないタイミングを狙い澄まして、僕はパーカーのポケットに隠していた金槌を打ち下ろした。

鉄の塊が遠心力を引き連れてサイドガラスの隅に激突し、表面に白い稲妻を走らせていく。もう一度金槌で殴ってみると、窓枠に僅かな欠片《かけら》を残して、ガラスはほとんど崩れ落ちてしまった。

ほら、お前の愛車が目の前で襲われているぞ。

早く気付け。こっちまで走ってこい。

怒鳴り声を上げて、襲い掛かってこい。

願望とともに金槌をさらに振り、窓枠に残った欠片を払っていく。そして右手を車内に差し込もうとしたところで、鼓膜を金切り声が劈《つんざ》いた。

「何のつもりだ！」

僕は近付いてくる怒声を無視して、車内の物色を続ける。手は自然とドラッグストアの袋に向かっていた。

そうだ、ついでにこの毒薬を奪い去っていこう。

「それをどうするつもりだ、この外道が！　それは娘の病気を治すために必要なものなんだ。どうしてそんな酷いことができる？」

悲劇に見舞われた良き父親を装った絶叫が、昼前の駐車場に響き渡る。逢崎享典はもう目と鼻の先まで近付いてきていた。

「私があの子のためにどれだけっ、どれだけの犠牲を払ってきたと思ってるんだ！　私がいなければあの子は生きられないんだぞ！　私はあの子を支えてあげたいだけなのに、お前はそれを邪魔してるんだ。わかってるのか⁉」

逢崎享典は義憤に駆られたような台詞を撒き散らしているが、目の奥に恍惚とした輝きがあるのを僕は見逃さなかった。

この男は、父と娘の慎《つつ》ましい暮らしを脅かす悪人に立ち向かっている、という自分自身に酔いしれている。どこまでも一人称で語られる言葉が、その仮説を証明してくれていた。

気付くと、周辺にいた買い物客の視線がこちらに集まっていた。

誰かに通報されたらどうなるのかなど、心の底からどうでもいい話だ。

「おいっ！」

僕はドラッグストアの袋を引《ひ》っ摑《つか》んで、最後にセダンの天井をひと殴りしたあと、その場から全力で駆け出した。

ヒステリックな絶叫が背中に叩きつけられるが、逢崎享典が追いかけてくることはない。恐らく、警察に通報するつもりもないだろう。なぜなら奴の方も、後ろめたい秘密というものを抱えている。

自転車を置き去りにしたまま複合商業施設の敷地を抜け、怪しまれないように歩いて大通りを南下していく。少ししてから脇道に入り、雑多な住宅街を縫って更に遠い場所を目指した。

一〇分以上が経っても、サイレンの音はまだ聞こえなかった。到着が遅れているのか、本当に誰も通報しなかったのかはわからない。ただ、フードに覆われていた僕の顔を間近で見たのは、今日中に殺される男だけだ。

古びたアパートのゴミ捨て場にパーカーを破棄して、金槌の方は雑草が生い茂る空地の中に投げ入れる。これで全ての痕跡は消えた。

高鳴る鼓動を宥めつつ川沿いを歩いていると、河川敷《かせんじき》へと続く階段が見えた。僕は導かれるように階段を下っていき、そのまま人気のない橋の下まで向かう。

僕はセダンから奪ってきたドラッグストアの袋を逆さにして、様々な薬の容器を地面にばら撒《ま》いた。

砂利の上に散らばった紙箱や小瓶のパッケージに書かれた効能や内容成分に、何かしらの一貫性があるようには思えない。父親の歪んだ設定の中では、逢崎はいったいどんな病気に罹《かか》っているのだろう。

僕は紙箱や小瓶から錠剤を取り出して、目の前を流れる川に捨てていく。白や赤に塗り分けられた円形の塊が、やや速い流れによって河口へと運ばれていった。運の悪い何錠かはそのまま川底へと沈んだが、酷く濁った水のせいで、すぐに目視することもできなくなった。

もし逢崎が、根拠も善意もなく処方されたこれらの薬を恒常的に服んでいたらと思うと鳥肌が立った。逢崎は僕に出会う前に死んでしまい、父親の自己陶酔をさらに強めるための偶像になっていたに違いない。

そもそも、悟られないように薬を棄てることだって充分に危険だ。汚い川に流されていく錠剤を見つめながら、僕は逢崎が潜ってきた地獄の濃密さを思った。

とはいえ、彼女の地獄にはもう梯子《はしご》がかかったのも同然だ。

今頃〈実行犯〉は逢崎享典を尾行し、何らかの手段を用いて接触を図り、ロープのような凶器を使って目的を果たしている。もし警察があの駐車場にやってきたとしても、奴は辛抱強く機会を窺って実行するはずだ。いつの間にか僕は、絵日記の指示に殉じる〈実行犯〉の執着心に信頼を感じてすらいた。

それに、万が一彼が失敗した場合は、僕自身の手で全てを終わらせればいい。

一連の考えは、驚くほどに自分の中に馴染んでいった。頭のどこかで発生した想いが熟成を重ねながら腹の底へと落ちていき、使命に似た何かに変容して居座り始めている。

ただ、自らの人生を投げうってまで逢崎を救おうとする行為に、それに伴う熱を帯びた感情に、名前をつけることだけが怖かった。

◆

月曜日を祝福できたのは初めてだった。

逢崎享典の死体はまだ見つかっておらず、当然ながら新たな犠牲者を伝えるニュースも生み落とされなかったが、それでも胸には希望が満ちている。

学校に向かえば、昨日までとはまるで違う世界に迎えられる。全ての答え合わせが完了する。これまでやってきたことの正しさが証明される。あらゆる地獄が取り払われる。

逢崎は新たな傷を増やすことも、用法用量を無視した薬を服まされることも、無意味な眼帯や包帯に縛られることもなくなるのだ。

空き缶の山に埋もれて眠っている義母に侮蔑の眼差しを送りつつ、僕は外の光の中へと足を踏み出した。

教室に辿り着き、クラスメイトたちから怪物を見るような目を向けられても、僕の気持ちは晴れたままだった。陳腐な演技で悲劇の少女を演じる桃田も、簡単に騙されて彼女を励ましている取り巻きどもの愚かさも、今は寛大な気持ちで眺めていられる。

そうなのだ。

そもそも、世界は最初からこうだったのだ。

愛を嫌悪する異常者になど誰も共感してはくれないし、自分たちが送っている平穏な日々と僕たちの絶望が地続きにあることなど誰も想像しない。

僕はいつか逢崎が言った台詞を思い出した。

――世界に二人きりだと思ってた。私たちを救えるのは、私たちだけだって。

結局のところ、それがこの世界の真理だった。

そんな残酷な世界で、僕はついに使命を果たすことができたのだ。

幸福な想像に浸っていたから、注意が疎《おろそ》かになっていたのだろう。

僕は愚かにも、朝礼が始まるまで逢崎愛世の姿が見えないことに気付かなかった。もしかすると気付いていたのかもしれないが、それほど深刻に考えたりはしなかった。なぜなら彼女はもう地獄から引き上げられていて、この世界はとっくに救われていたはずなのだから。

僕を現実に引き戻したのは、朝礼が終わる頃に担任の宮田が放った言葉だった。

「……ああ、忘れてた。今朝逢崎の父親から連絡があって、彼女は丸一日学校を休むことになったそうだ。今日の科目は後日再テストすることになるから、誰も問題は教えないように」

そうか今日から中間テストだったのか、いま初めて聞いたし勉強もしてないから大変だな、などとぼんやり考えたあと、僕はようやく決定的な違和感に気付いた。

逢崎の父親から連絡？

昨日連続殺人鬼の生贄になったはずの、逢崎享典から連絡があっただと？

あの男が生きていたことへの衝撃は確かにあった。希望を打ち砕かれ、一瞬だけ悲嘆に全身を覆われたのも確かだ。

だが、考えなければならないのはそこではない。

もっと前だ。僕は何か、重大なことを見落としている。

早く確証を得る必要がある。

この直感を裏付ける、あるいは否定してくれる根拠が欲しい。

担任の宮田が僕に向かって叫んでいる。

クラスメイトたちが怪訝な表情でどよめいている。

それはどうやら、僕が荷物も持たずに教室の外へと飛び出しているのが原因らしかった。行動に意識が追い付いてきた時にはもう、僕は脇目も振らず走り始めている。廊下を抜け、玄関から飛び出し、校舎前の歩道に足を踏み出しても、一度も振り返ることはなかった。

一五分も全力疾走を続けていると、肺の中のものを全て吐き出してしまったような苦痛が襲い掛かってきた。目的地が近付いてくる頃にはもう息も絶え絶えといった有様《ありさま》で、僕はホームセンターから自転車を回収しなかった自分の間抜けさを呪った。

ようやく例の廃ビルに到着すると、僕は痛いほどに加速する鼓動を必死に宥めつつ敷地に踏み込んだ。

一階部分の駐車場を横切って奥へと進み、扉が外れかかった倉庫の前で立ち止まる。

レバーハンドルに手をかけると突然の立《た》ち眩《くら》みに襲われ、膝まで震えてまともに立っていられなくなった。

一秒ごとに胃液が喉をせり上がってくる。

何度呼吸を繰り返しても、酸素が肺に届いている感覚がない。

身体が拒絶反応を示しているのか、それとももっと超自然的な何かからの忠告なのだろうか。

僕はそれら全てを強引に振り切って、嘘のように重い扉を開いていく。

まず気付いた違和感は、絵日記が入っている菓子の箱の蓋がわずかにズレていることだった。木曜日に絵日記を書き換えた際には、しっかりと蓋を閉じたはずなのに。

血流が急速に冷えていく。指先が震えて絵日記を摑み損なう。

このまま逃げてしまえればいいのに、ブランコに揺られる逢崎の横顔が脳裏にこびりついて離れてくれなかった。

ほとんど呼吸することすら忘れて、絵日記のページを捲《めく》っていく。

小学校低学年のような汚い字で書かれた未来の予定。

泥酔者めいたタッチで描かれた黒一色の絵。

殺人に成功するたびに記される赤い花丸と注釈。

成功事例の多くが土日に偏っている事実。

書店の前で条件を満たしたにもかかわらず別の人間が殺された九月一八日の日記。

あの場所に逢崎愛世がいたことの意味と、その影響。

黒い帽子を被った殺人者。

そいつが手にしている凶器の数々。

僕は誰かに操《あやつ》られるように、『一〇月五日《おととい》』のページを開いた。

駐車場と思《おぼ》しき場所で、黒い帽子を被った子供が生贄の羊を探している。手にはロープのようなものが握られていた。本文には『ホームセンターの駐車場で怒鳴り散らしている男に声を掛けた』とある。僕が書き換えた内容のままだ。

鼓動が加速していく。体内で血液が蠢《うごめ》く幻聴が聴こえる。

僕は突飛のない妄想に支配されていた。

それは何の証拠もない、荒唐無稽としか言いようのない作り話だ。

しかし僕には、それこそが動かざる真実のような気がしてならない。

逢崎から聞いた話では、彼女の父親は毎週の土日に必ずホームセンターに買い出しに向かっているということだった。何の目的でそこまで頻繁に通っているのかわからなかったが、凶器を調達しに行っていると考えれば辻褄が合うのではないか？

実際、この前学校に来た刑事も「野球帽を被った不審者がホームセンターで斧を購入している」という目撃情報について教えてくれた。その人物を、店員が「よく見かける」と話していることも。

あの時は本当に心当たりなどなかったが、今にして思えば、その不審者こそが逢崎享典なのではないだろうか。野球帽を被っているという特徴も当てはまる。

――そう、帽子だ。それがずっと引っかかっていた。

奴が実際に被っていた帽子は緑色だったし、絵日記に描かれているそれは野球帽にしてはやや鍔が小さい気がする。

だが、そもそもこの絵日記は小学生のような汚い絵で、黒一色で描かれているのだ。

帽子の形状まで正確に描写できているはずがないし、何より〈記入者〉は緑色の鉛筆など持っていない。

あのとき彼が購入していたのがロープであることまで思い出したとき、僕はもはや笑ってしまっていた。だって、これではあまりにも出来すぎている。

九州北部の田舎町で連続殺人を犯し、篠原理来や金城蓮を世界から消した殺人鬼は、逢崎享典だった――。

彼が娘に対して行なっている非道を考えると、この推測に疑いの余地などない気がしてきた。

絵日記を閉じようとした瞬間、ページの左隅に赤いペンで数行程度の文章が書かれていることに気付いた。

それに目を通した瞬間、心臓の鼓動が停止した。

誇張ではなく、本当に止まったような気がしたのだ。

左隅には、綺麗な筆跡でこう記されている。


外部からの干渉を受けているという懸念は正しかった。念のため仕込んでいた発信機で、あいつが聖域に通っていることが判明した。許可を得て全ての予定を変更。敵対者は排除しなければ。


電流でも流れたかのように、絵日記が手の中から弾き出されていく。

外部からの干渉。発信機。聖域。敵対者。

――僕たちが絵日記を書き換えていることに、逢崎享典は気付いていた。

床に転がって偶然開いた来週火曜日の日記には、僕の記憶とは全く違う予言が記されている。ページ全体が灰色に滲んでいるのは、全てを丁寧に書き直した証拠なのだろう。

他のページを慌てて確認してみたが、やはりどの予言にも見覚えはない。

とにかく、今確認しなければならないのは昨日の日記だ。

逃げてはならない。

逢崎愛世に訪れた現実を、この目に焼き付けなければならない。

『一〇月六日』のページはもはや絵日記という体裁すら整っておらず、大人の字で書かれた文章だけが淡々と綴られていた。黒い帽子を被った子供の絵も、もうどこにも描かれていない。

絵日記はもはや〈記入者〉の手を離れ、殺人の指示書という体裁すら保てなくなった。〈実行犯〉である逢崎享典自身が殺意と計算の赴くままに編纂《へんさん》する、ただの計画書になってしまったのだ。

つまり、この日以降に書かれている内容は高確率で実現されてしまう。

僕は必死に酸素を貪りながら、これまでとはまるで違う筆跡の文章を目で追った。

一〇月六日（日）

以前より周囲を嗅ぎまわっていた敵対者へ、順番に制裁を加えることにする。警察の動向も考えれば自殺に見せかけて殺すのがベターか。ならば、武器は土曜日に使う予定だったロープでいいだろう。一人ずつ監禁して、充分に痛めつけてから殺すとしよう。

今朝、逢崎が学校に来なかった理由がやっとわかった。彼女の父親が学校に欠席の連絡をしたことの意味も。

――急がなければ。

逢崎がどこに囚われているのかはわかった。僕がこれから取るべき行動も。

絵日記に記述されていることが正しければ、まだ逢崎は殺されていない可能性が高い。たとえ彼女がどんな苦痛を受けていたとしても、生きてさえいればやり直せる。きっとそのはずだ。

いや、そう信じなければ、僕はここから一歩も動けない。


天蓋から雫《しずく》が垂れるように雨が降り始め、嫌な種類の湿気が世界を覆っていく。

僕は悲鳴を上げる肉体を無視して走り続けていた。見慣れた景色に押し潰される錯覚に抗いながら、最初の目的地に到着する。

逢崎の家の住所は以前聞いていた。アプリで検索すると、廃ビルから出て僕の家の前を通り、北東に徒歩で一二分ほど進むルートでも辿り着くことができる。つまり、一度家に包丁を取りに寄っても大幅なタイムロスにはならないということだ。

玄関扉は施錠されていなかったので、まだ灰村美咲が中にいる可能性がある。とはいえ、酒浸りの中年女の目を盗んで包丁を盗み出すことくらいわけはないだろう。

靴を脱いで中に入ったとき、最初に気付いたのは異臭だった。

香辛料を大量に煮詰めているような匂いが鼻孔を刺激して、目の奥から涙が滲《し》み出してくる。リビングの扉に近付くごとに匂いは強烈になり、シャツの裾で鼻や口を覆っていても無意味なほどだった。

疑問や警告が脳内で渦を描くが、用があるのは扉の向こうだった。中で何が行なわれていようと無視して、一直線に台所へと進み、洗わずに放置されているはずの包丁を奪い取って逢崎の家を目指す。

それで仕舞いだ。余計なことを考える必要はない。

諦念とともに扉を開けた瞬間、異様な光景が視界いっぱいに広がった。

ダイニングテーブルに所狭しと並べられている品々は、到底料理とは呼べない代物だった。

青く変色した生肉に、強烈な刺激臭を放つソースがかけられている。完全に黒焦げになった拳大の塊が山積みになってテーブルの中央に置かれており、こちらにも例の刺激臭を放つソースがかかっている。具材が全て溶けてしまうほどに煮込まれたスープが土鍋に入っているが、そこからは生ゴミのように饐《す》えた臭いがした。

テーブルの上にはすでに地獄が溢れかえっているというのに、灰村美咲はまだ調理を続けていた。照明すら点けずに、音程の狂った鼻歌を口ずさみながら悪夢のような品々を生み出していく姿は、調理というよりは黒魔術の儀式とでも形容した方が正確に思えた。

ああ、この女は完全に壊れている。

身勝手な愛すらも喪って、人間の形を保てなくなったのだ。

そう冷静に分析していなければ、光景の異様さに轢殺《れきさつ》されてしまいそうだった。

「あら瑞貴、帰ってきてたの」

芝居がかった口調で笑いかけてくる女に、いつもの面影はなかった。化粧をしていない灰村美咲の顔は実年齢よりも遙《はる》かに老けて見え、髪もぼさぼさで、しばらく風呂に入っていないのか汗が澱《よど》んで腐ったような臭いもした。

込み上げてくる吐き気を必死に堪えながら、爪先だけで距離を詰める。

回収すべき包丁は今、この女が握っている。完全に瞳孔が開いた異常者に対して、下手に刺激を与えるような真似は危険だ。

何か、何か打開策はないか。

「さあ、座りなさい。あなたのために作ったの」

灰村美咲は包丁を握ったまま椅子を引き、僕に着席を促した。

僕は動けない。密封された食べ物しか口にできない強迫性障害など関係なく、この料理に込められている濃密な悪意が恐ろしかった。

もはや全てが危険に思える。テーブルの隅に置かれた塩や醬油《しょうゆ》の容器にも、毒薬が混ざっている可能性がある。

「……どうしたの？　早く座りなさい」

噎《む》せ返《かえ》る臭いと恐怖で、頭がどうにかなりそうだった。

これを口にしたらどうなるのかという想像が脳内で勝手に生じて、僕の意識を刈り取ろうとしてくる。

しばらく沈黙が続いた後、灰村美咲は急に無表情になった。

「……やっぱりあんたも、私を愛してくれないんだ」

愛という牢獄《ろうごく》に囚われていたのはこの女も同じだった。

だが、この女は自らの悪意で他者を貶《おとし》めてきた報いを受けているだけだ。同情の余地はない。

「父さんを殺したお前が……どうして愛を語るんだ」

「あの人は私と蓮のために、保険金を遺して死んでくれたのよ？　そんな風に悪く言うなんて酷いじゃない」

嚙《か》み合《あ》わない会話に、僕は眩暈《めまい》を覚えた。

あの保険金殺人も、これから僕を殺すことでさえ、灰村美咲は自分の愛を肯定するための手段としか考えていないのだ。その愛とやらに裏切られたのに、そんなものに実体などないというのに、この女は未だに縋り続けている。

「ねえ、あんたも私のために死んでくれるよね？」

灰村美咲が、包丁の先端をこちらに向けて近付いてくる。

「哀《かな》しいけど、あんたを失うのは本当につらいけど、家族にお金を遺すためだもんね。仕方ないよね、だってあんたが望んだんだから」

　狂気に塗れた笑顔とともに、刃が心臓に向かって突き出される。

　硬直した身体では完璧に避けることはできず、左腕に深い切り傷が走る。痛みが麻痺するほどの恐怖に足首を摑まれながら、僕は狭い部屋を走り回った。

　テーブルの上の料理を投げつけて義母の動きを止め、その間に距離を稼ぐ。絶叫とともに凶器が振り回されるたびに足が竦《すく》むが、動きを止めた瞬間に全てが終わることはわかっていた。

「逃げるなっ、この、親不孝者！　さっさと死ねっ！」

　こうしている今も逢崎は父親に監禁され、死の恐怖と苦痛に苛まれている。真実に気付いているのは僕一人だけ。

　ここで僕が死ねば、彼女は何の希望もなく殺されることになる。

　田舎町で六人が殺される凶悪犯罪の犠牲者の一人——ただの社会の病理として処理されてしまう。

　そんなことを許せるはずがなかった。

　こんな身勝手な女に、邪魔をされてたまるか。

「……ああ、やっとわかってくれたの。いい子だから、そこでじっとしてなさい」

リビングの低いテーブルの手前で立ち止まった僕を見て、灰村美咲は勝利を確信したようだった。状況にそぐわない微笑を浮かべて、ゆっくりと近付いてくる。

空気が弛緩《しかん》した一瞬を見逃さず、僕は動いた。

テーブルの上に置かれた灰皿を摑んで、女の顔面を目掛けて投げつける。鼻先に受けた衝撃で灰村美咲は悲鳴を上げ、包丁を取り落とす。

その隙を突いて、僕は一気に距離を詰めた。全体重を乗せた体当たりが直撃し、女が背中から倒れていく。

結末を見届ける気はなかった。

この女がどうなろうと構わないと、今は自分に言い聞かせることにした。

僕は床に転がった包丁を拾い上げて、一目散に玄関へと走る。

12

光に満ちた記憶が無かったわけではない。

むしろたった五年前までは、自分の人生が祝福されているのだと思っていたほどだ。あの頃はまだ母も生きていたし、仕事でほとんど家にいない父も優しかった。父は少しだけ神経質なところもあったが、それも私や母のことを想ってくれていたからだと思う。

ただ、あの頃の自分がどんなことで笑い、どんなことで悲しみ、どんな会話を両親としていたのかまでは思い出せない。

ただ漠然と「幸福だった」という認識があるだけで、詳しい記憶は白い光の中に隠れてしまっている。最近ではその光も褪せてきて、全てが都合のいい幻だったのではないかとさえ疑うようになった。

それほどまでに、母が死んでからの世界は苦しみに満ちていた。

母の葬儀が終わってから一ヶ月が経った頃、父の設定作りが始まったのだ。

まず私はいくつもの食材にアレルギーを持っていることになり、食べられるものの種類が極端に減った。父に隠れてクッキーを食べたことが見つかった日には、家に鍵を掛けられ、寒空の下で二時間以上も耐えなければならなかった。

それからも父の設定は増え続けた。

私は酷い喘息《ぜんそく》持ちということになり、休日に外で遊ばせてもらえなくなった。なんでも、大気汚染の進んだ外の世界は危険すぎるということらしい。

季節が移ろうたびに設定が追加されていく。

中学生になる頃には私は家庭科の授業で両腕を火傷《やけど》したことになり、左目に酷い感染症を患っていることになり、喘息が悪化して激しい運動もできないことになった。父の『献身的なサポート』によって私の病状は改善していくものの、毎回なぜか『厄介な問題』が浮上し、状況は再び悪化の一途を辿っていく。

父は些細なことで取り乱すようになり、私のあらゆる行動の意図を疑った。「お前を愛しているからやってるんだ」という免罪符を盾に、納得できる理由もなしに暴行を加えてくるようになった。

父は口では私の身を案じているようでも、身体に浮かび上がった青痣や切り傷については気付いてすらいないようだった。自分の行為を悔い改める代わりに、家族愛によって父と娘が悲しみを乗り越えていく映画を見せてくれる。虚ろな表情で画面を見つめる横顔は、己自身を洗脳しようとしているようにも見えた。

いつか父の目を盗んで行った図書館で、子供を虐待する親の心理というものについて調べたことがある。どうやら、子供を架空の病気に仕立て上げる行為には〈代理ミュンヒハウゼン症候群《しょうこうぐん》〉という病名が付いているようだった。

愛のために自己犠牲を払う己自身に酔いしれる患者たちは、子供を病弱な状態に保つために、わざと健康を損なわせるような行動を取る。数日間放置した水道水や飲み残しのスポーツ飲料を点滴に混入させて、幼い子供を死なせてしまった事例すらあるらしい。

普通は母親が発症するケースが多いようだが、父の行動は間違いなく、その本に記されていた特徴に当てはまる。

当時の私は、衝撃に打ちのめされてしまった。

父はただ暴力を振るうだけの悪魔ではなかった。

父は心の病を患っていたのだ。

だとすれば、全ての責任は自分にある。私が父の異変に気付けなかったから、ここまで症状が悪化してしまったに違いない。

今になってみれば、虐待に晒され続ける日々に精神を蝕《むしば》まれ、まともな判断能力を失ってしまっていただけなのだと思う。

それでも当時の私は罪悪感で雁字《がんじ》搦《がら》めになり、背中を鞭《むち》で打ってくる父を内心で庇った。あらゆる苦痛を自分に対する罰として咀嚼《そしゃく》し、心を空にして耐え続けた。どれだけ設定が増え、ついには一年間に渡って家に閉じ込められることになっても、誰かに通報しようなどという考えは持たなかった。

私はとっくに疲れていたのだ。

これ以上自分自身の罪に耐えられなかった。

どんな罰も受け入れるつもりでいた。

いつか父に殺されることを、どこかで望んですらいた。

——それが自分の心を守るための嘘でしかないことを知ってしまったのは、ほんの数週間前のことだった。

その日私は、死ぬつもりでいた。

方法は簡単で、父が帰宅する夜七時を過ぎても家に戻らないというだけ。

ルールを破った私は父の怒りを買うだろう。今度こそ勢い余って殺されても仕方ない。

父親の愛が、全てに疲れた私を死へと突き落としてくれる。

膨れ上がる希死念慮の影響で、もう何もかもがどうでもよくなっていた。

だから別に、辿り着くのはどこでも良かったのだ。

それがあの公園である必要はなかった。

たまたま目に付いたブランコに、いつまでも揺られている必要はなかった。

「うわ、びっくりした！　逢崎さん……だっけ？」

だから、彼と出会ったのは悪い運命のせいとしか言いようがない。

彼は教室にいるときのような人懐っこい笑みを浮かべて話しかけてきた。

私は、彼のその表情を知っていた。

休み時間に誰かに話しかけられたとき。授業中に先生に当てられたとき。皆の前に立って何かを発表していたとき。哀しい出来事に見舞われた誰かを励ますとき——。

彼は毎回、ほとんど同じような表情を浮かべていた。

彼はその場の状況に応じて、極端に少ないレパートリーの中から、適切な表情を選び取ったつもりでいるだけだ。

たぶん、他のクラスメイトたちはそんなことに気付いていない。

そもそも気付く方がおかしいのだ。

目の前にいる相手の心が壊れていることなんて。

「本当は何も感じてないくせに」

私が放った言葉で、彼の仮面がみるみるうちに剝がれていくのがおかしかった。

もう、必死に普通を取り繕う道化はどこにもいない。美術の授業で『愛』の絵を描けずに周囲を見渡していた横顔が、一人でいるときに見せる空虚な無表情が、目の前の彼に重なっていく。

私は気付いてしまった。

知りたくもない事実に気付いてしまった。

私が求めていたものは罰でも、まして赦《ゆる》しでもなかった。

同じ地獄を共有し、一緒に最下層まで墜ちていける誰か——愛という毒薬に満たされた世界に立ち向かうための、自分と同じように壊れた誰かこそを、私はずっと求め続けていたのだ。

彼と関わることで、もっと濃密な苦しみが訪れることはわかりきっていた。

やっと見つけた希望が失われてしまったとき、絶望はより深みを増してしまうのだと。

そうなったとき、私は想像もできないような苦しみの中で死に至るのだと。

それでも私は、彼とともに墜ちていく道を選んでしまった。

以前偶然見つけた絵日記を利用して世界を変えたいと、二人で救いを探し求めていきたいと、本気で思ってしまった。

だって、これは仕方のないことなのだ。

この残酷な世界で、これ以上独りでいることには耐えられなかったから。


「ああ愛世、目を覚ましてくれたか？　ごめんな、父さんがついていながら」

憔悴しきった父の声で、意識が現実に引き戻される。

私は相変わらず薄暗い納屋の柱にロープで繋がれていた。鞭で打たれ続けていた全身は、熱を伴う激痛を放っている。

どれくらいの間、気を失っていたのだろう。

最後に時間を確認できたのは日曜日の午後五時だ。毎日決まった時間に流れるサイレンの音だけが、外の世界と私を繫ぎ留めている。

もう二日間は、何も口にしていない。

極度の空腹は痛みをもたらすことを初めて知った。どれだけの間苦痛に晒され続けても、痛覚が麻痺することなどないということも。

「……でも、お前が悪いんだぞ。お前が父さんを騙すような真似をするから。まさか父さんの愛を疑ってるのか？」

慈愛に満ちた表情のまま、父がまた鞭を振り下ろしてくる。もう、悲鳴を上げる気力すら残ってなかった。それほどまでに私は打ちのめされていた。

私たちはこの数週間、絵日記を使った殺人の計画を実行し続けた。ブランコに揺られて作戦を考えている間だけは生を肯定することができたし、地獄を共有できる相手と過ごす日々には不思議な心地よさがあった。自分だけでなく、彼のことも地獄から引き上げたいと強く願うようになった。

「なあ愛世、お前は病気なんだぞ？　あんな男と会ってどうするつもりだ！　もしこれ以上症状が悪化してしまったら……父さんは……」

その結果がこれだ。

スマートフォンのGPSがずっと自室から動かないことを不審に思った父に、私たちは知らない間に尾行されていたのだ。私たちは特別な存在などではなく、あまりにも愚かな子供でしかなかったから、そんなことにすら気付けなかった。

いや、私たちが間違っていたと気付いたのは篠原理来が死んでからだ。

あんな女は死んで当然だと何度言い聞かせても、彼女の顔が脳裏にこびり付いて離れてくれない。毎晩のように悪夢にうなされ、夜中に目が覚めて何度も嘔吐し、目の下の隈は日ごとに酷くなっていった。

無理に笑って罪の意識を遠ざけようとしても、駄目だった。

私は私が思っていた以上に、平凡な人間でしかなかった。

罪の意識に押し潰されて、再び罰を求めるようになった。

彼と語った未来の予定は、全て嘘に変わってしまった。

このまま父の愛に殺されてしまうのが、殺人者に相応《ふさわ》しい結末なのだと思った。

父の足元には白い布と綿の残骸が散らばっている。子供の頃——母がまだ生きていて、父がまだ病気になっていなかった頃に好きだった、名前も知らないキャラクターのぬいぐるみ。あの日ゲームセンターで彼がくれた、私にも楽しい瞬間があったことを証明してくれる唯一のもの。父はベッドの下に隠していたはずのそれを見つけ出して、私の目の前でバラバラに破いてしまった。

だからもう希望なんていらない。

そんなものに縋る資格など、私には初めからなかったのだ。

「そういえば」父が私の頭を優しく撫でる。「愛世、薬は本当に服んでるんだよな？」

コップ一杯の水と、小皿に乗った十二粒の錠剤が目の前に置かれる。

「まさか、あの男に唆されて捨ててるんじゃないだろうな？」

私は慌てて首を横に振った。これ以上父の機嫌を損ねると、彼まで殺されてしまいかねない。それだけは絶対に避けたかった。

父は両手を縛られて動けない私の顎を持ち上げ、錠剤を口に押し込んできた。続けざまに水を流し込まれた上に、口を手で押さえられてしまう。

ああ、これで全てが終わる。

人を二人も殺し、その上名前も知らない誰かを見殺しにしてきた私にとって、これは相応しい終着点なのではないだろうか。

このまま大量の薬を飲み込めば、やっと死が迎えに来てくれる。

恐れる必要なんてどこにもない。

だって、最初はそれを望んでいたじゃないか。

「……どうしてだ、愛世。どうしてお前は俺の愛に応えてくれないんだ」

父が失望した表情で見下ろしてくるのを見て、私は自分が薬のほとんどを吐き出してしまったことに気付いた。

この期に及んで生にしがみつこうとする自分に嫌気が差す。こんな人生を続ける価値なんて、もう何一つないのに。

父はまた、涙すら流しながら鞭を振り続けた。

私は声も上げずに痛みに耐えながら、愛の形をした罰が自分を殺してくれる瞬間を待ち続ける。

◆

視界のほとんどが白く染まるほどの大雨の中を、傘も差さずに走り続ける。水を吸って重くなった服と逆風が邪魔で、少しも前に進めている気がしない。ビニール袋に包んだ包丁の重みすらも鬱陶しい。真横を通る車が蹴立てた泥水を側面に浴びるたびに、絶望が心の内部に巣を張ろうとしてくる。

それでも僕は走り続けた。

早く早く、一刻も早く逢崎の元に駆けつけなければ。

しかし肉体が想いに追い付くことはできず、極度の酸欠でまともに動くこともできなくなってくる。震える膝は体重を支えきれなくなり、川のように水が溢れる路面に正面から倒れ込んでしまった。さっき義母に切り付けられた左腕が熱を持つほどに痛い。傷口からは大量の血液が溢れ、路面に溜まった雨水の中に溶け出していく。

豪雨に体温を奪われ、出血からくる寒さで全身を震わせながらも、僕は止まらなかった。動かなくなった足を棄てて、腕の力だけで前に進んでいく。

もはや、執着だけで動いていた。

逢崎愛世は、愛が蔓延する地獄の果てでやっと出会えた相手なのだ。

僕たちの関係は友人同士でも、まして恋人同士でもなかった。

もし普通に出会えていたらどうなっていたのかなどと、そんな淡い幻想を信じるには二人とも壊れすぎていた。

それでも、二人の間には何かがあった。

お互いの絶望を打ち明け合った日々の中に、
上手に描けない夢を語り合った瞬間の中に、
陳腐な言葉で言い表すことなどできない、不定形の何かが確かにあった。

たとえ世界が壊れていても、愛の実在を信じることができなくても、その何かに縋ることくらいは許されないだろうか？

逢崎と二人で、その何かに寄り添って生きることくらいは許されないだろうか？

身体を半分水に浸しながら、どれだけの時間這っていたのかはわからない。たった数分間だったのかもしれないし、あるいは永遠を何度も繰り返していたのかもしれない。どちらにせよ、這いつくばっているうちに心肺機能が回復し、立ち上がることができるようになったのは幸いだった。

スマートフォンは水没して使い物にならず、現在の時刻はまるでわからない。それでも僕は、地の果てに見える微かな光を求めて走り続ける。

「……灰村！　灰村だよな？」

一分ほど走っていると、車道から僕を呼ぶ声が聴こえた。

立ち止まって目を向けると、黒いワゴン車に乗った担任教師の宮田がこちらに向かって叫んでいる。物理のテストは確か明日なので、三限までの中間テストが終わり次第帰宅しているということなのだろう。

「お前っ、いきなり学校を抜け出して何してるんだ！　こんな雨の中……」

その瞬間、天啓のような直感が降りてきた。

全てが終わった後に罪を背負うと決めている僕にとって、この状況を利用しない選択肢など存在しない。このタイミングで現れた宮田は、まさしく地獄の底に垂らされた一本の糸だ。神の気紛れが醒めないうちに、躊躇なく手を伸ばさなければ。

とにかく、逢崎を救うのが最優先だ。

もう、この事件を二人だけの秘密にしておく必要もない。

「……宮田先生。連れて行って欲しいところがあるんです」

宮田は真剣な表情でこちらを見つめた後、観念したように溜め息を吐いた。

「……わかった、乗れ！　話は車内で聞いてやる」

13

全身ずぶ濡《ぬ》れの男が車内に乗り込んでくることを、宮田は嫌な顔一つせず受け入れた。それどころか、「ロクに掃除してないから匂うだろ」などと言いながら座席に消臭スプレーを撒《ま》いてくれるほどだ。異常行動を繰り返す問題児に、担任教師として気を遣っているのだろうか。僕は包丁の入ったビニール袋が宮田の視界に入らないように努めた。

逢崎の家の住所をナビに入力すると宮田は静かに頷いて車を発進させた。地の底を這うような鈍い響きの中で、僕は咄嗟に組み立てたおとぎ話を伝えた。

逢崎愛世が中学時代から虐待を受け続けていたこと。自分は少し前から彼女と交際しており、家庭環境に関する相談を受けていたこと。昨日電話したとき彼女の様子がおかしかったこと。今朝のホームルームの前に『助けて』というメッセージを受け取り、慌てて学校を飛び出したこと。

「……つまり、逢崎は今も」

「はい。もしかしたらあいつの父親は、彼女を殺そうとしてるのかも」

最悪の想定を口に出すと、車内から一切の言葉が消えた。宮田も事態の深刻さを呑み込んだのか、神妙な面持ちで何かを考えている。

もしも逢崎享典が本当に連続殺人鬼なら、包丁一本で対抗できるとはとても思えない。奴の家にはこれまで犯してきた殺人で使った凶器があるだろうし、そもそも体格からしてあちらの方が上だ。

だが、少なくとも娘の担任教師を見境なく殺すことまではできないだろう。

宮田が玄関先で足止めしてくれれば、その隙に家に忍び込んで逢崎を助け出すことができる。奴を刺すかどうかは、その後に考えればいい。

到着後の動きを確認しながら進んでいるうちに、目的地が見えてきた。

田舎特有の広い敷地に、比較的新しい造りの二階建ての住宅と、ほとんど朽ちかけた木造の納屋が並んでいる。サイドガラスが割れたままの白いセダンが停められていたので、ここが逢崎の家であることは間違いない。

先に車から降りた宮田が、住宅の方の呼び鈴を鳴らす。僕は物音が悟られないよう慎重に降りて、車の陰に回り込んで様子を窺った。

チャイムの音が何度鳴っても誰も出てこないことを不審に思ったのか、宮田は玄関扉を何度か叩きながら逢崎の名前を呼んだ。

「……何か用ですか」

返答は、住宅ではなく納屋の方から返ってきた。

曇りガラスが嵌った引き戸が開き、中から神経質な男が外に出てくる。扉が開いたのは一瞬で、内部の様子を確認することまではできなかった。

だが、逢崎があの中に囚われているのは間違いない。

どうやってあの男の目を掻《か》い潜《くぐ》って侵入するかが問題だ。僕の姿は以前奴に見られている上に、絵日記を読む限り、殺しのターゲットになってしまっている。見つかってしまった瞬間、全ての思惑が泡と消えるだろう。

宮田は「熱で休んだ逢崎に書類を届けに来た」という設定で会話を続けてくれているが、そう長く持たないのは目に見えていた。強行突破しようにも、正当な理由もなく「納屋の中を見せてくれ」とは言えない。

「とにかく、娘は高熱を出して寝込んでるんです。プリントなら私が渡しておきますから」

「直接お伝えしたいこともあるので、家に上がらせていただくことはできませんか？もちろん、彼女の部屋の中には入りませんので……」

無茶な要求に、逢崎享典の表情が曇った。勝手に住居の方へと歩き始めた宮田を追いかけて、奴は納屋の前から離れていく。

――今しかない。

全く気付かれずに納屋に飛び込むのは不可能だとしても、いざという時はこちらにも戦う手段がある。

僕はビニール袋から包丁を取り出して、車の陰から飛び出した。

とにかく急げ。

急いで逢崎を見つけて、殺人鬼から救い出せ。

引き戸を慎重に開けて納屋に忍び込むと、地獄のような光景に迎えられた。

古びたコンクリートの上に、悪意に塗れた玩具が無造作に置かれている。水がなみなみと注がれたバケツ。ガソリンの入ったポリタンク。壁沿いの棚に並べられた薬瓶の数々。黒革でできた鞭のようなもの。

――ここは、拷問部屋だ。

殺人鬼が自分の娘を監禁し、狂った理由で指導を与えるための空間。この世界に存在していること自体が悪い冗談のような、悪意に満ちた箱庭。

納屋の中央に通された太い柱に、逢崎愛世はロープで括《くく》り付《つ》けられていた。

ロープは胴体に何重にも巻かれており、手足はガムテープで拘束されている。何度も鞭で打たれたのか制服で隠れていない部分はほとんど真っ赤に染まっており、全身が水浸しになっていた。水溜《みずた》まりの中には錠剤がいくつか散らばっている。逢崎が全て吐き出したことを願うしかない。

座り込んだまま項垂《うなだ》れる彼女の表情は、前髪に隠れて窺い知ることができなかった。

この距離からでは、生きているのかどうかもまだわからない。

全身が嘘のように震えているのを感じた。

これから逢崎の状態を知ってしまうことへの恐怖、だけではない。

彼女に襲い掛かった不条理な現実への怒りが、腹の底で渦を巻いているのだ。

なぜ彼女がこんな目に遭わなければならないのか。

彼女がこうならなければならない運命に、果たして正当性はあるのだろうか。

「逢崎……！」

僕は柱に拘束されたまま蹲る彼女に駆け寄り、名前を呼びながら必死に肩を揺らした。

聞こえてこない返事に心臓が止まりそうになりながらも、何とか冷静になって、小さく開かれた口許に耳を寄せる。大丈夫だ、まだ息はある！

僕は逢崎を縛っているロープを、全身の力を込めて切り付けた。何度も包丁を振り下ろしてようやく一本目を切断したが、まだ逢崎の身体は何重にも拘束されたままだ。

時間がない。

急がなければ、あの父親がここに戻ってくる。

「…………灰村、くん？」

「よかった、目が覚めたか！」

「どう、して……ここに？」

「お前を助けたかったからだよ！　悪いか!?」

無意識のうちに零れてきた涙を拭いながら、僕は必死に包丁を振り続けた。安堵するにはまだ早いとわかっているのに、嬉しくて堪《たま》らなかった。

僕はそれほどまでに、逢崎に生きていて欲しかったのだ。

「逢崎……ここから出たら、またどこかに遊びに行こう。今度はちゃんとバイトして金も用意してくるからさ、レースゲームの続きをやろう」

「……うん」

「それと、覚えてるか？　九州を抜け出して、関門海峡を越えて、下関まで行きたいって言ってたよな」

「……うん」

「そんな近場、電車に乗ればたった一時間で着くんだよ。明日にでも出発しよう。確か水族館にさ、馬鹿みたいにでかい鯨の骨格標本があるんだ。それを二人で見に行こう。それを見ながら次の旅行の計画を立てよう。もう誰に邪魔されることもない。僕たちはもう、どこでも好きな場所に行けるんだ」

「……うん」

全て嘘だった。

僕はこの後警察に全てを伝えて罪を償うつもりでいるのに、逢崎とともに幸福な日常を過ごすことなどできないのに、電車でたった一時間の街にすら辿り着けないのに、甘い願望だけが口を衝いて飛び出してくる。

それでも今は、実体のない想像にすら縋りたかった。

衰弱しきった彼女を世界に繋ぎ留めるためには、淡い色彩の物語が必要だった。

少しずつ拘束が解かれていく中で、逢崎も涙を流していた。彼女は溢《あふ》れ出《だ》す光の粒を拭おうともせず、辛うじて聞き取れるほどに小さな声で呟く。

「……せっかく、これで死ねると思ってたのに」

「今更何を」

「父親に殺されれば、全部の罪を償えるかもしれない……だって、きっと私は、ここで殺されないといけない人間だから」

ロープを全て切り落として拘束から逃れると、逢崎は僕の胸に額を埋めてきた。嗚咽を漏らしながら、震える舌で感情を吐き出していく。

「だけど……どうしても私は生きたかった！　さっき薬を服んで死なないといけなかったのに、どうしてもっ……！」

「だったらもう、生きるしかないんだよ」

僕は大切な何かが壊れないように慎重に、逢崎の背中に手を回す。

「その代わり、もうどこにも逃げなくていい。これ以上誰も殺さなくていい。罪を背負ったまま、ずっと二人で生きていこう」

最後にまた残酷な嘘を吐いて、僕は逢崎を強く抱き締めた。

ずっとこうしていたかったが、状況はそれを許してはくれない。

宮田が奴を食い止めている間に、早くここから脱出する必要がある。大丈夫だ、僕ならやれる。最悪の場合は宮田に通報してもらえばいいだけだ。

自力で立てないほどに衰弱した逢崎を担ぎ上げようとしたところで、僕はようやく納屋の入り口に誰かが立っていることに気付いた。

その誰かは、場違いなほどに安らかな笑みでこちらを見下ろしている。


「君たちが僕の邪魔をしていたんだろ？」


いつの間にか真っ黒なレインコートを羽織っていた男が、何かを放り投げてきた。それは見覚えのあるノートだった。小学生が夏休みの宿題で使うような種類の、あの廃ビルに置かれていたはずの、殺人の予定がびっしりと書かれた絵日記。

「残念だけど、君たちは始末させてもらうよ。……これも愛のためだ」

宮田の左手には、赤い液体が滴るナイフが握られていた。

14

何が起きているのかわからなかった。

宮田が絵日記を持っていた理由も、こちらにナイフが向けられていることの意味も。

連続殺人鬼は逢崎享典だったはずなのに、なぜこいつはこんな壊れた笑みを浮かべているのだろう。

これではまるで、真犯人は自分だと言っているみたいじゃないか——。

「……そのナイフで、誰を刺したんですか」

逢崎を背中に隠しながら、僕は宮田と対峙する。黒いレインコートに全身を包み、フードまで深く被っている姿はまるで死神のようだった。そんな連想を陳腐だと笑うことすら、今はできそうにない。

包丁は後ろ手に隠している。

今はまだ、こちらが丸腰だと思わせる必要がある。

「ああ、これのことかな？」

宮田は納屋の外に一度出て、何者かの死体を運び入れてきた。

死体だと一目でわかったのは、仰向けになった腹部から大量に流れる黒血だけでなく、宮田がそいつの髪の毛を摑んで引き摺っているからだった。普通、生きている人間をそんな風には運ばない。

逢崎に目を閉じるよう叫ぼうとしたが、もう遅かった。背中越しに、当惑する彼女の声が聴こえてくる。

「……お父、さん？　……あなたが殺したの？」

「なんだ逢崎、ちゃんと喋れるじゃないか」宮田は実験動物の成長を喜ぶような笑みを向けてくる。「……ああそれと、先に質問したのはこっちだよ。僕の邪魔をしていたのは君たちで間違いないね？」

薄暗い納屋の中の湿度が急激に上昇していく。それと相反するように口の中が渇いていく。視界の両端に、夜を煮詰めたような色の霧が立ち込めていく。

どこからだ？

僕はどこから間違えていた？

「僕が生贄を探していた場所に、君たちは何度も現れたよね。物陰に隠れていたつもりだろうけど、あんなのすぐに気付くよ。まあ最初は偶然が続いているだけだと思うようにしてたけど、ボウリング場の喫煙所に灰村が現れたとき流石に確信した。ああ、これは利用されてるなって」

宮田は納屋の入り口に置かれていたポリタンクを手に取り、白い蓋を回していく。

「だけどあの人の啓示には逆らえないから、僕は自分が利用されているのを知りながら『儀式』を続けた。別に、生贄にするのなんて誰でもよかったんだよ。あの人に愛を捧げること自体の方が重要だ」

ポリタンクに入っていた透明の液体を、宮田は逢崎享典の死体にかけ始めた。一通り満足したのか、今度はその周りに液体で円を描いていく。

「だけど、絵日記の書き換えは流石に許せないよ。そこまでいったらもう、あの人への冒瀆《ぼうとく》だ。そもそも、なぜ僕が気付かないと思ったのか理解に苦しむね」

絵日記の書き換えが有効だと思った理由は、〈実行犯〉が同じシチュエーションでの失敗を何度も繰り返していたからだ。〈記入者〉への信仰心に操られているだけの、ただの間抜けだと高を括《くく》っていたからだ。先のページを事前に確認するような発想を持っているはずがないし、もし確認していたとしても内容を覚えてはいないと思っていたからだ。何の根拠もなく、ただ自分たちにとって都合がいいという理由だけで、僕たちはそう信じ込んでいた。

鼻孔を突く臭いで、撒かれているのがガソリンであることに気付く。恐怖に震える僕たちを見下ろして、殺人鬼は勝利を確信した表情で続けた。

「美術や体育の授業で君が教室にいないとき――携帯のカバーに発信機を仕込む隙はいくらでもあった。灰村、君があの場所に通っていることは位置情報が示しているんだよ。

きっと、逢崎も一緒にいたんだろう?」

宮田が嬉々として語る台詞など、もうほとんど頭に入ってこない。手遅れであることを知りながら、僕はどうにか記憶を反芻していく。

すべての点と点が繋がっていく。

思えば、気付くべきタイミングはいくつもあったのだ。

たとえばさっき県道で倒れていた僕を、たまたま通りかかった宮田が見つけたとき。どうしてあの展開に作為性があることを疑えなかったのか。この男が発信機を仕込んでいるという結論に辿り着けなかったのか。教師なら生徒の携帯に細工をすることなど容易だと、なぜ気付くことができなかったのか。

たとえば書店の前で騒いでいた男子高生が殺された日。唯一平日に殺人が成功したあの日は、確か宮田が顧問をしている部活が休みの水曜日だったはずだ。それに、僕たちが桃田とその取り巻きを罠《わな》に嵌《は》めようとしていたのは、まだ教師が学校にいる時間帯だったのではないか?

たとえば、あの廃ビルで〈実行犯〉と遭遇しそうになったとき。あれは水曜日ではなかったが、部活動が全面禁止になっていたことを考えれば宮田がいたとしても不自然ではないのではないか? 今になってみると、あのとき聞いたエンジン音が宮田の車のそれと一致していた気もする。

たとえば被害者たちの特徴。夜道で通り魔的に襲われた男性と、車のブレーキに細工をされた金城を除けば、殺されたのは全員が学生だった。最初に殺された女子大生にしても、少し前までうちの学校の生徒だったらしい。教師という立場を使えば、車に誘導することも簡単だったのではないだろうか。たとえばボウリング場の喫煙所にいた篠原などは、後ろめたさからこの男の誘いを断ることができなかったのではないか？

そして、絵日記に描かれていた子供が被っている帽子。汚い絵だからという理由で気にしていなかったが、あれは野球帽にしては鍔が小さすぎるのではないか？　それこそ、レインコートのフードと解釈した方がまだ自然なのではないか？

ここまで考えて、僕はようやく自分の過ちの原因に気付いた。

僕はどこかで、逢崎の父親が殺人鬼であることを望んでいたのだ。

彼を倒せば全てが完璧に終わり、逢崎を地獄から引き上げることができるのだと、そんな甘いことばかりを考えていた。

だが現実はどうだ。

推測は外れ、二人仲良く真犯人の掌の上で踊らされていただけじゃないか。

親やクラスメイトたちの愛から逃れることができたとしても結末は変わらなかった。

僕たちは、また別の愛に殺されていくだけじゃないか。

僕たちは結局、愛が充満する世界から逃げることができなかったのだ。

「……〈記入者〉は」どうせ殺されるのなら、最後に訊いておきたかった。「あなたに指示を与えている人間は、どこの誰だったんですか」

「決まってるだろ。父さんだよ」宮田の黒い瞳が恍惚に染まっていく。「父さんは子供の頃に首を吊《つ》っちゃったけど、実はまだ僕の中で生きてるんだ。たまに僕の身体を操って指示を与えてくれる」

「何を言って……」

「はは、しかも子供の頃に唯一褒めてくれた絵日記なんか使ってさ。これもあの人なりの、照れ隠しなのかもしれないね。……とにかく、僕は父さんの愛に応えてあげなきゃいけないんだ。どうやら父さんに触れることはできないみたいだから、行動で示さなきゃ。教師として子供たちを導いてあげるだけではもう足りないんだ。もっともっと愛を捧げて、父さんを喜ばせてあげないと」

　多重人格――宮田の異常性を、そんな風に形容してしまうのは簡単だろう。

　だが、きっと宮田の精神構造はもっと倒錯している。この男が辿ってきた人生など知ったことではないが、彼がここまで父親を愛してしまっているのには、何か途方もない背景があるはずだ。

　自分が宮田のことをここまで恐れている理由に気付いた。

　ナイフを突きつけられ、周囲にガソリンを撒かれ、狂った笑みを向けられているからだけではない。死の気配をこれ以上ないほど濃密に感じているからでもない。もっと致命的な理由が、目の前に横たわっている。

僕たちと宮田を隔てているものは、触れただけで突き抜けてしまうような、薄紙のような何かでしかないのだ。

少しでも釦《ボタン》を掛け違えていれば、僕や逢崎もこうなっていた可能性があるのではないか？　あの公園で逢崎に出会えていなければ、僕は自分の中の狂暴性を宥めることができていただろうか。

そんな想像を否定しきれないことが、たまらなく恐ろしいのだ。

「……ここで私たちを殺したら、今度こそあなたは捕まる。それでいいの？」

背中越しに聞こえてきた声は、今にも崩壊しそうなほど震えていた。恐怖でおかしくなる瀬戸際で何とか踏《ふ》み止《とど》まり、逢崎は生存の目を探している。

ならば、ここで諦めるわけにはいかない。

逢崎をこの地獄から連れ出すまで、誰にも邪魔をされてたまるか。

自然と、そう思うことができた。

「絵日記の存在は別の人間にも伝えています。原本のコピーも渡してる」喋りながら、必死に頭を回し続ける。「もしこのまま僕たちが戻らなければ、そいつが通報することになっています」

「灰村、君にそんな友達はいないことくらいわかってるよ」

「教師が生徒の人間関係を全部把握できていると……」

「いや、わかるんだよ。だって君は僕と同類だから」

子供を窘《たしな》めるような表情で、ナイフを握った殺人者が迫ってくる。

「本当は、一緒に昼飯を食べてる連中の名前すら覚えてないんだろう？」

左腕に受けた衝撃で、思考が断絶する。

自分が蹴られたことに気付いたときにはもう手遅れで、僕は受け身も取れず埃に覆われた床に叩きつけられていた。義母に包丁で切られた箇所に重ねられた痛みに耐えられず、僕は無様に転がりながら叫び声を上げる。

「灰村、こんなものを隠してたのか。気付かなかったよ」

蹴られた衝撃で手放してしまった包丁を、宮田は興味深そうに拾い上げた。爬《は》虫類《ちゆうるい》のような表情で少し考えた後、その切っ先を逢崎へと向ける。

刃の側面で彼女の小さな顎を撫でながら、宮田は淡々と言った。

「シナリオはこれでいこう。娘の不純異性交遊に激怒した父親が、娘とその彼氏を監禁して無理心中を図った。二人を刺殺してから納屋に火を放って自分も後を追おうとしたが、焼身自殺は思いの外苦しかったので、仕方なくナイフで自分の腹を裂くことにした。……うん、完璧だ」

「あっ、あなたは絶対に逮捕される。そんなにうまくいくはずが……」

「状況がわかってないのかな？　もう口を開くなよ」

苛立ちに任せて、宮田は逢崎の肩口を靴裏で何度も踏みつける。彼女が悲鳴を上げるたびに嗜虐心が高まっていくのか、次第に口許が醜く歪んでいった。

すでに重傷を負っている逢崎が、これ以上理不尽な暴力に耐えられる道理はない。歯が音を立てるほどに震えながら、恐怖と苦痛を無抵抗に受け入れている。

「……やめてください」

「灰村、いったいどうしたんだ。君も本当は何も感じていないはずだろう。まともな人間の振りはもうやめてくれ」

「……頼む。頼むからやめて」

「はは、涙なんか流して。それ以上嘘を吐くなよ、反吐が出る」

もう、何もかもがどうでもよかった。自分がこの先どうなろうと、たとえここで殺されたとしても、些細な問題に過ぎなかった。

逢崎を苦痛から救うことができれば、もうそれでよかった。

僕は絶叫で恐怖を麻痺させながら宮田へと突進していく。両手に刃物を持った大人に丸腰で向かっていくことの意味に気付いていながらも、それ以外の選択肢など一つも考えられなかった。

何の策もなく突っ込む僕に、残酷な笑みを向けてくる殺人者。

その両手に握られている凶器が放つ妖しい輝き。

少しずつ、しかし確実に近付いてくる死の気配。

突き出された刃。

脇腹を抉《えぐ》る痛み。

身体の内側から込み上げてくる熱。

凄まじい速度で傾いていく世界。

床に叩きつけられた衝撃で、撒かれていたガソリンの飛沫が宙に舞う。

「ああ……もっとゆっくりやりたかったのにな」

血の滴るナイフを握り直しながら、宮田は地に伏せる僕へと緩慢に近付いてくる。その後ろで、逢崎が悲痛な眼差しをこちらに向けていた。

彼女にそんな表情をさせる世界が憎い。

愛という大義名分を使って、彼女を蹂躙《じゅうりん》する悪魔たちが許せない。

少しして、僕はやっと逢崎の視線の意味に気付いた。逢崎は僕にだけ見えるように口を動かし、何かを伝えようとしている。

――戦利品。

確かに彼女はそう言っている。

何かが、記憶の奥底に引っかかっている。この状況を覆し、絶望に浸された世界から抜け出すための切り札が。

圧し掛かってくる現実に抗うため、僕はそれを必死に手繰り寄せた。

「何をゴソゴソしてるのかな？」ゆっくりと近付いてきた殺人鬼が、ナイフと包丁を同時に振り上げる。「そろそろ死のうか」

刃が振り下ろされる一瞬前に、視界の端に何かが飛び込んでくる。それは、逢崎が投げてくれたロープの切れ端だった。僕はそれを摑み取り、ズボンのポケットから取り出したライターの火を近付ける。

こちらの挙動を警戒して、宮田の動きが一瞬だけ止まった。その間に僕は何とか立ち上がり、燃え始めた切れ端を宮田の足元へと投げつける。

ガソリンに引火して、赤橙色の炎が宮田へと絡みついた。

炎は加速度的に勢いを増し、一瞬で奴の腰の辺りまでを包んでしまった。宮田は凶器を投げ棄てて、苦悶《くもん》の声を上げながら床を転がっていく。必死の努力で炎の勢いは収まってきたものの、神経を灼《や》くような激痛に見舞われているのか息も絶え絶えだった。

以前、桃田たちをボウリング場の喫煙所へと誘導するためにすり替えた一〇〇円ライターを、逢崎は『戦利品』と言って渡してきた。ゲームセンターの休憩所で彼女が浮かべていた表情を、今なら鮮明に思い出せる。

このライターは、二人が犯してきた罪の証明だった。これを持っている限り僕たちは人間性を失わずに済む。消えることのない罪を二人で背負ったまま生きていける。言葉の外側で、彼女は確かにそう伝えていた。

その罪深い戦利品が、皮肉にも僕たちを窮地から救ってくれたのだ。

僕は柱の傍《そば》で蹲ったままの逢崎に目を向ける。傷だらけの彼女は、寄る辺のない子供のような表情でこちらを見上げていた。

逢崎の不安を吹き飛ばすことができたかどうかはわからないけれど、それでも僕はどうにか微笑むことができた。

「ありがとう、逢崎。助かったよ」

「灰村くん、血が……」

「ああ、これ？　別に傷は深くないよ。大丈夫」

「ちょっと待ってて、救急車を」

「逢崎も動けないだろ。後で僕が呼ぶから」

「そんなわけには……」

這ってでも進もうとする逢崎を、僕は手で制した。脇腹の傷が浅いのは嘘ではない。少なくとも、そう言って聞かせなければ逢崎が無理をしてしまう。

それに問題はまだ残っている。宮田に纏わりついていた炎はもう、ほとんど消えかけているのだ。

宮田は必死に酸素を貪りながら床を這い、取り落としていたナイフを掴んだ。身体に力が入らず立ち上がれないようだが、また襲い掛かってくるのも時間の問題だろう。

動けない逢崎をこの場に置いたまま、誰かに助けを求めにいくことはできない。ロープの余りが隅の方に置かれているが、それを取りに行ってからここまで戻り、暴れる宮田を拘束する余裕があるはずもない。

ならば、今すぐ殺さなければならない。

この男がまた牙を剝《む》く前に、その可能性を摘んでおかなければならない。

幸いなことに宮田は痛みに思考を支配されていて、納屋に転がっていた角材を持って接近する僕には気付いていないようだった。

「灰村くん……駄目、それなら私が」

「いいから目を閉じててくれ。心配しなくていいから」

「そんな、無理だよ。私も一緒に」

酷く憔悴した逢崎が、これ以上新たな罪を背負えるとは思えなかった。たとえ一緒に生きていくことができなくても、目の前で彼女が押し潰されるのを見るよりはずっといい。

「……僕は逢崎に救われたんだ。逢崎がいたから自殺を思《おも》い止《とど》まることができた。愛に殺されているのが自分だけじゃないと気付けたから、僕は」

「私も同じだよ。ねえ、下関に行くって約束はどこに行ったの？　バイトしてお金貯めて、もっと遠いところにだって行きたいのに」

幸福とは到底呼べないようなことを、現実味のない夢のように語る逢崎が痛ましい。

そんなことが特別とは思えなくなるくらい、彼女には光に満ちた未来を歩いていって欲しかった。

そのとき、彼女の隣にいるのが僕でなくてもいい。

逢崎が陽の光の下で笑っていてくれるなら、
いつか彼女が、愛を自分のものにできる日が来るのなら。

「逢崎はきっと、普通の人生を手に入れるべきなんだよ」

彼女に絡みつく地獄を断ち切るために、僕は最後の言葉を放った。

「だから、こんなものを背負うのは僕だけでいい」

この上なく穏やかな気持ちで、僕は宮田の後頭部へと角材を振り下ろす。

エピローグ

切れかけの蛍光灯が点滅する薄暗い廊下を、くたびれたスーツを着た二人の刑事が歩いていく。ほとんど家に帰れない日々が続いているからか、二人とも表情に疲労の色が濃く滲んでいた。

若手刑事の伊藤が、溜め息混じりに呟く。

「刑事になって四年が経ちますけど、こんな状況は初めてですよ」

各種メディアが波濤《はとう》のように殺到し、広報課は今大混乱に見舞われているらしい。

九州の田舎町で猟奇的な事件が起きたという非日常性が、人々の興味を掻き立てているのだろう。メディアは好き勝手な推測を垂れ流し、胡散臭《うさんくさ》いコメンテーターたちが誰でもできる仕事にありついている。

伊藤は、真理を解明したような顔で的外れな所感を述べる彼らのことを内心で嘲笑した。県警ですらまだ事件の全貌を摑めていないのに、東京にいる彼らに一体何がわかるというのだろう。

「結局これは、どんな事件だったんでしょうか」

「どんなって？」ベテラン刑事の山倉が訊き返してくる。

「色々と、好き勝手に報道されてますよ。心の病を抱えた異常者による凶行だとか、ゲーム感覚で殺人を犯す悪魔の所業だとか。……あの少年が共犯者だったと書いているメディアまであります」

「お前には、そんなものをいちいちチェックする時間があるのか？」

「……すいません。ただ、事件の理解を深めるヒントになるかと思いまして」

慌てて弁明する伊藤を一瞥して、山倉は重々しく呟いた。

「あまり惑わされるな。俺たちが頼るべきなのは、既に明らかになっている事実だけなんだ。家宅捜索で宮田潔《きよし》の自宅から凶器らしきものが見つかったとはいえ、奴が犯人だったことが確定しているわけじゃない。本人の意識が戻るまでは、まだ何も断定すべきじゃないんだよ」

「でもあの〈絵日記〉が見つかったのは、彼の父親——堂島敦司《どうじまあつし》が経営していた会社の跡地なんでしょう？」

「あの少年の証言を信じるならな」

宮田潔は、幼少期に死別した父親からの指示を受けて殺人を行なっていた。

そんな荒唐無稽な証言を信じるべきかどうか、伊藤はずっと決めかねている。多重人格の連続殺人犯に関する資料は警察学校にいた頃に何度か見たが、どうにも現実味を感じられなかったからだ。

とはいえ、これだけの猟奇殺人を犯す人間が、まともな精神構造をしているはずがないのも確かだった。

「児童相談所に、宮田が父親から虐待を受けていたという資料が残っています。結局彼は裁判の末、母方の祖父母に養子として引き取られることになった。……そんな宮田が、父親を崇拝しているのはなぜなんでしょう」

「さあな」

「虐待を受けている子供は親の行為を正当化しようと自分自身を騙す場合があると言いますが……。それとも、宮田が祖父母に引き取られたあとに父親が自殺したことが関係しているのでしょうか。罪悪感に支配されて人格が歪んでしまったとか」

「宮田本人に聞かなきゃわかんねえよ」

「あの少年——灰村瑞貴についてもおかしなことばかりですよ」

極度の疲労がそうさせているのか、溢《あふ》れ出《で》る疑問に歯止めが利かなくなっている。

「宮田を角材で殴ったのは正当防衛で済まされるとしても、猟奇殺人鬼を誘導して何人も殺させたなんて事例は聞いたことがありません。それも、あんな子供じみた絵日記を利用して……。彼の話をどこまで信じるべきなんでしょうか？　あれを宮田本人が書いた証拠なんてないですよね？」

「だから、それを今から聞きに行くんだろ」

いつの間にか、目的の部屋に辿り着いていたようだ。

この先に例の少年がいる。

田舎町で起きた連続殺人に深く関わり、事件を複雑化させた張本人が。

伊藤は深呼吸で緊張を紛らわして、取調室の扉をノックした。


天井の低い部屋の中央に置かれた机に、灰村瑞貴が座っていた。

先日の学校での聞き取り調査のときとは、随分と印象が変わっている。

あのときは不安に押し潰されそうな様子だった気がするが、今の彼は憑《つ》き物《もの》が取れたように穏やかな表情になっていた。

まるで、何かの覚悟を決めた後のような――。

取り調べ内容が録音されていること、黙秘権の行使が認められていることなどの定型文を説明している間も、灰村瑞貴は時折頷きながら大人しく聞いていた。

「それでは、本題に入りましょう」対面に座る山倉は敬語を崩さなかった。「あなたのこれまでの証言――宮田潔が絵日記の内容に従って殺人を行なっていたことが事実だと仮定した場合の話です。あなたはこの事件に、どのような形で関与しましたか？　もう一度お聞かせください」

灰村瑞貴は短く息を吐いてから、慎重に口を開いた。

「絵日記には殺人犯がターゲットを探す場面が書かれていることに気付いたので、自分の手を汚さずに人を殺せるのではないかと思い付きました。具体的には……殺したい相手を絵日記に書かれた場所に誘導したり、時には文言自体を書き換えたり」

「今判明している限りでは、宮田が殺した相手は全部で六人です。もっとも、あなたが証言した金城蓮の件についてはまだ殺人と断定できたわけではありませんが……。そのうち、あなたが関わったのはどの事件でしょうか」

「篠原理来、金城蓮、そして逢崎享典の三人です」

「この数日間であなたの周辺情報を調べさせてもらいました。失礼ですがあなたの家庭環境も。……しかしですね。どれだけ考えても、あなたに金城さん以外の二人を殺す動機があるようには思えないんですよ」

家庭環境に問題を抱える少年が、義母とその愛人への復讐を企てた――起きたことがそれだけなら、この事件は幾らかシンプルになるというのに。

取り調べの様子を後ろから眺めながら、伊藤は内心で舌打ちをした。

これまでの調査から、彼の両親は既に他界しており、現在は義母と同居していることがわかっている。義母とその愛人から日常的に暴力を伴う脅迫を受けていたことも、亡くなった父親と同様に彼自身にも多額の生命保険がかけられていることも、腕にできた切り傷は義母に付けられたものであることも、逮捕された彼を義母が『精神的苦痛』を根拠に訴えようとしていることも。

義母と、その愛人を殺そうとする動機は充分すぎるほどに揃っている。

ならば、他の二人に対してはどんな因縁があるというのだろう。

この疑問が、事件を複雑化させているのだ。

「これはあくまで推測ですけどね」山倉が慎重に切り出した。「残る二人の殺人には、逢崎愛世さんが関わっているんじゃないですか？」

最後の犠牲者である逢崎享典の一人娘で、この少年とはクラスメイトにあたる少女。

二人に接点があったという証言はまだ挙がってきていないものの、彼らが共謀して一連の計画を立てたのなら、様々な事柄の辻褄が合ってくる。逢崎愛世は篠原理来が所属するグループからいじめを受けていたし、父親からの虐待に晒されてもいた。

二人分の視線をものともせず、灰村瑞貴は淡々と答えた。

「何か勘違いしているみたいですけど、別にあいつらを殺した動機は復讐ではありません」

「では、何のために？」

「それは、あいつらが社会の敵だからですよ。篠原は未成年のくせに煙草を吸っているようなクズだったし、逢崎さんの父親は娘を虐待している極悪人でした。前科者の金城に至っては……お二人には説明の必要もないですよね。あいつの周辺を探れば、たぶん何かしらの犯罪の証拠が出てきますよ」

　灰村瑞貴は、恐ろしいほど冷静に続けた。

「この街に連続殺人鬼が現れたのは、彼らに裁きを与えるチャンスだと思って」

「すべて、その……正義のためにやったのだと？」

「その通りです」

「逢崎さんの虐待の件はどうして知りました？」

「そんなの学校中で噂になってますよ。偶然それを聞いて、次のターゲットに丁度いいかなって」

　灰村瑞貴は一瞬だけ考えるような仕草を見せたあと、やはり淡々と続ける。

「最後の一人を殺すときは、宮田先生に直接話を持ち掛けたんです。あなたを見逃してあげる代わりに、次のターゲットは僕に決めさせてほしいって。逢崎さんの住所なんて知らないし、面識のない父親を誘導する方法も思いつかなかったですし」

　その後も取り調べは一時間ほど続き、山倉は一連の事件に関する情報を隈なく訊き出していった。

　先輩刑事の熱心な仕事振りとは対照的に、伊藤は一刻も早くこの場所から逃げ出したい気分に駆られた。一方的な正義感のために連続殺人の手助けをしたという主張と、目の前にいる大人しそうな少年の姿がまるで噛み合わないのだ。

凶悪な犯罪者ほど高度な社会性を持ち併せている場合が多いという説を聞いたことがあるが、この少年もそういった狡猾《こうかつ》な人種なのだろうか。とにかく、これ以上ここにいると、世界の何を信じればいいのかもわからなくなりそうだった。

必死の願いが叶《かな》って取り調べが終了するなり、伊藤は逃げるように部屋を飛び出した。少し遅れて追い付いてきた山倉へと、縋るような目を向けてしまう。

「……山倉さん、彼に平然と話を聞けるあなたを尊敬します」

「別に、相手は普通の高校生だろ」

「そうとしか見えないから恐ろしいんですよ。彼の行動が殺人幇助《ほうじょ》罪にあたるのか、もっと重い罪が科されるのかはまだわかりませんが……少なくとも、明確な殺意を持って動いていたことは確かです。奴は、三人もの人間をあんな身勝手な理由で殺そうとした悪魔なんですよ。しかも最後の一人は殺人鬼と手を組んで……」

「随分と彼に怒っているようだな」

「当たり前ですよ。あんなサイコパスがいるから、凶悪犯罪は一向になくならないんです。法律が許すなら、彼にも宮田と同じ罰を与えてやりたいくらいだ」

「サイコパス、か」

「ええそうです。ああいう人種には、恐怖に怯える正常な人、人、人々の気持ちなんてわからないんだ。まともな人間のように振る舞っているだけで、あいつらの正体は結局、愛を理解することもできない化け物なんですよ」

「愛を理解できない、ね」先輩刑事の深い瞳がこちらを見つめている。「伊藤、お前は本当にそう思うのか？」

「山倉さんは違うんですか？」

「……さっきも言っただろ。俺たちは既に明らかになっている事実にしか頼ることができないんだ。まだ何とも言えないよ。……ただ少なくとも、彼が何かを隠しているのは確かだろう」

その発言の真意を訊こうとするが、山倉が電話に出たため会話が打ち切られてしまう。宙に浮いてしまった疑問を、伊藤は胸の内側に仕舞っておくしかなかった。

◆

「……逢崎、そろそろ起きよっか」

頭を軽く撫でながら囁かれて、私は自分が眠ってしまっていたことに気付いた。電車はいつの間にか九州と本州を繋ぐ海中トンネルを通り抜けてしまったようで、窓の外には淡い光に包まれた街の景色が広がっている。

電車の小刻みな振動と、右肩に感じる体温が心地良い。このまま眠ったフリを続けて、彼を困らせてみたくなる。それでも、目的地に到着したことを告げるアナウンスが聞こえたからには、もう立ち上がらなければいけないらしかった。

下関駅のホームに降りるなり、彼は呆れたように呟いた。

「気持ち良さそうに眠ってたな、逢崎。あんなに電車楽しみにしてたのに」

「たぶん、それだけ安心できたんだよ」

「ん？　どういう意味？」

「さあ、知らない」

何となく気恥ずかしくなって、私はいつもより早足で先に歩き始めた。

地元の駅より何倍も大きい構内を出て、地元の道より何倍も広い大通りを二人で進む。海から吹き付ける風が、微かな潮の匂いを運んでくる。街には私たち以外の姿はなく、世界に二人だけが取り残されているみたいだった。

「水族館なんて、いつ以来かな」

「僕も、小学校の遠足でしか行ったことない」

青く澄んだ空を見上げながら、二人で並んで歩いていく。

「水族館にいるサメは、どうして同じ水槽の魚を食べないんだろ」

「あー、ずっとそれ疑問に思ってたんだよな」

まだどこにも辿り着きたくなくて、私たちは共謀して歩幅を小さくする。

「灰村くん、ちょっと飼育員さんに聞いてみてよ」

「やだよ、そんなのネットで調べればいいだろ」

二人が歩くたびに、手の甲が微かに触れ合ってはまた離れていく。

あと数センチだけ近付いて指と指を絡ませてしまえば、彼はどんな反応を見せてくれるのだろう。私は手を繋ぐための口実を必死に探した。会話なんて、もうほとんど頭に入ってきていない。

「ねえ、灰村くん」

「どうした？」

「……楽しみだね。本当に」

私たちの間に挟まった中途半端な距離すらも、今だけは愛《いと》しく思えた。

彼は歩く速度を少し上げながら、こちらに屈託のない笑顔を向けてきた。学校で皆に見せているのとは明らかに違う、世界で私だけが知っている表情。柔らかい光に包まれながら、彼は穏やかな口調で何かを呟いている。

「……なんて言ってるの？」

白い光が世界に染み出して、彼の表情を覆っていく。

「聞こえないよ。もっと大きな声で言って」

瞬きをしている間にも光は広がっていき、視界のほとんどが白に埋められていく。

ついには自分の声すらも聴こえなくなって、意識が曖昧になっていく。
運命が違えばあったかもしれない未来が、
もう叶うことのない夢や希望が、
淡い色彩の物語が、
凄まじい速度で私から遠ざかっていく。

「――――。――――――――、――――」


意識が現実に戻ってくると、私は西陽に染まる公園のブランコに揺られていた。

ブランコが揺れるたびに錆びついた鎖が虚しく音を立てている。もう片方の木の板には、今は誰も座っていない。

この数日間に起きたことを何度思い返しても、自分が今ここにいることが信じられなかった。

あの日、父親の携帯を使って通報を済ませたあと、彼は優しい声で呟いた。

「逢崎、これから僕の言う通りに動いてくれ。そうすればきっと、警察に捕まらずに済むはずだから」

「……待って、そんな」

「まず、僕との接点は全くなかったと警察に言うんだ。教室で話したことは一度もないし、何を考えてるかもよくわからない奴だったとでも伝えてくれ。僕たちがあの公園で出会ったことを、全部無かったことにしてほしい」

彼は何を言っているのだろう。あのとき、私には本当に何もわからなかった。

言葉を失った私を置き去りにしたまま、彼の要求は続く。

「そして、今日起きたことについても嘘を吐いてほしい。そうだな……。『父親に縛られて虐待を受けていたとき、僕と宮田が一緒に納屋に押し入ってきた。父親が目の前で刺されたショックでその後の記憶は曖昧だけど、僕と宮田が死体の処理について口論した末に、摑《つか》み合《あ》いになっていたことだけは覚えてる』とか、そんな風に話してくれれば完璧だ」

「……何を言ってるの？　そんなことしたら」

あなたの罪が重くなってしまう。

あなたが殺人鬼と共謀していたと思われてしまう。

あなたは私を救ってくれただけなのに。

言わなければならないことに対して、時間は不公平なほどに足りなかった。頭の中で言葉を紡いでいるうちに、優しい声がまた被せられる。

「そうでもしないと駄目なんだよ。何の証拠もない他の事件ならともかく……少なくとも今の状況だけは、僕と宮田が共謀したことにしないと説明がつかない。下手をすれば、僕と逢崎が手を組んでいたことが警察に知られてしまう」

「宮田先生を利用したのは私と灰村くんでしょ？　いや、最初に持ち掛けたのは私の方だった！　罪を被るなら、私が」

「逢崎」有無を言わせない口調だった。「わかってくれ。……頼むから」

彼は、私を傷つけないよう慎重に、納屋の隅から持ってきた新品のロープを巻きつけてくる。断ち切られた方のロープの切れ端を全部燃やしてしまえば、彼が私を助けに来たという証拠は完全に消えてしまうだろう。

「ちょっと痛いかもしれないけど、こうしないと怪しまれるから許してくれ。……心配ないよ、あと少しの辛抱だから」

もうやめて。

だって、本当は違うのに。

あなたはただ、義理の母親に殺されたくなかっただけなのに。

それなのに私があなたを巻き込んで、関係のない殺人にまで協力させてしまった。

罪を背負わなければならないのは私だ。私を地獄から救い出してくれたあなたが、一人で裁かれてしまうなんて結末は歪んでいる。

――あなたにはもっと、希望に満ちた未来が待っているはずなのに。

「僕はもうどうなってもいい。逢崎が普通の人生を手に入れられるなら、それで救われるんだ。それだけが望みなんだよ。……だから、お願いだから、僕の言うことを聞いてくれ。……頼む」

「待っ……」

待って。

私も同じ気持ちだから。

私も自分のことなんてどうでもいいから。

あなたが普通の人生を手に入れられるなら、学校で見せていた演技がいつか演技でなくなるのなら、愛を自分のものにできる日が来るのなら。

私にはもう、他に望むものなんて何もない。

だから、私に全てを背負わせてほしい。

それが叶わないのなら、せめて二人で背負って生きていきたい。

全力で声を振り絞ったはずなのに、私の言葉は遠くで鳴り響くサイレンの音にすら掻き消されてしまう。必死の懇願も虚しく、彼は一度も振り返らず納屋の外へと歩いていってしまう。

私の身体は少しも言うことを聞いてくれなかった。

前に進もうとしてもロープが身体に食い込むだけで、納屋の柱はびくともしない。彼が警察に事情を説明し、手錠をかけられてパトカーに乗せられていく様子を、無力に眺めているしかなかった。

そのあと私は気を失い、次に目覚めたときには病院のベッドの上にいた。

入院したのは恐らく四日間くらいだったと思う。その間に、私の病室には何人もの大人たちが訪れた。

事情聴取にやってきた刑事たち。教師が犯した失態を謝罪しに来る学校の人たち。母が死んでからはもう一度も会っていなかった母方の祖父母。

彼らは連続殺人鬼に父親を殺された哀れな少女として私を見て、全てを失った自分がこれからどうやって生きていくのかについて、様々なアドバイスをしてくれた。特に祖父母は、高校卒業までなら私の面倒を見てくれると申し出てくれた。将来のことはこれからゆっくり考えればいいとまで言ってくれた。

その間、私が連続殺人の手助けをしていたことを指摘する者は誰一人としていなかった。

つまり、彼は全ての罪を背負うことに成功したのだ。

廃ビルに隠されていた絵日記を発見したのも、絵日記を利用して殺人鬼のターゲットを操作したのも、全てが彼一人の仕業になった。宮田先生は意識不明の重体だと報道されていたので、彼の作ったおとぎ話を否定できる人間は誰もいない。

あの日、彼に言えなかった言葉が舌の上にずっと乗っかっている。

今すぐにでも警察署へと走り、己の罪を告白したい衝動に駆られる。

一方で、それでは彼の想いが無駄になってしまうのではないかという危惧もあった。

彼のおかげで、私はただの犯罪被害者の遺族になれた。このままだと私は人生をやり直すことができてしまう。そしてそれこそが、彼が全てを棄ててでも叶えたかった願いなのだろう。

彼が与えてくれた平穏を自ら棄ててしまうのは、酷い裏切りなのではないか？

ブランコに揺られながら、私は考える。

病院のベッドで目覚めてから今まで、同じ問いを何度も繰り返している。

「……逢崎愛世さんですね？」

突然話しかけられて、私は我に返った。声のした方を見ると、スーツを着た二人の男の人がブランコの傍に立っている。学校や病院のベッドで何度も見た顔だ。彼らは退院した私に、事件当日の話を再び訊きに来たのだと言う。

——きっと今この瞬間が、最後の選択になるのだろう。

真実を打ち明け、彼と同じ罪を背負って墜ちていくのか。

彼の想いを尊重し、一人で平穏な未来に歩いていくのか。

彼のために、私はどちらを選ぶべきなのだろうか。

彼と寄り添って生きた数週間の記憶が、走馬灯のように目の前を駆け抜けていく。

夕暮れの公園で出会った二人。
愛に立ち向かうために地獄を這《は》い回《まわ》った日々。
誰もいないゲームセンターで流した汗。
賑やかな背景音楽に溶けていった彼の横顔。
冷たい雨が降り注ぐ商店街で交わした言葉。
繋いだ手に伝わる温度と、その奥にある僅かな震え。
あまりにも非現実的な未来を語り合う二人。
白い光の向こうに消えていった、淡い色彩の物語。
私はその一つ一つを、頭の中で丁寧になぞっていく。
これでやっと、全ての疑問が晴れていく気がした。
初めから、私の望みはこれ以外になかったのだ。
だからきっと、選ぶべき未来は一つしかない。
私はゆっくりと立ち上がり、確かな覚悟を込めて答えを紡いでいく。

あとがき

世界を地獄だと思っている人間たちの物語を書きたいと思った。

小説家を目指し始めた高校生の頃のメモ帳を漁《あさ》っていると、そんな一文を見つけました。本当はもっと支離滅裂かつ冗長な文章で書かれていましたが、要約するとそんな感じになるはずです。


きっと当時の私は世界を地獄だと思っていて、小説を書くことでそんな自分自身を救いたかったのでしょう。目の前を致命的なスピードで通過していく特急列車を見つめながら、黄色い線の内側で昏《くら》い想像を掻《か》き立《た》てられていた自分を何処《どこ》かに連れ出したいと、心の底から願っていたのでしょう。


「愛に殺された僕たちは」は、まさにそんな想《おも》いの中から生まれた作品です。

実は原形となる短編を書いたのは高校三年生の頃でした。今とはタイトルも文章もストーリーもまるで違うし、読み返すのが恥ずかしいくらいには拙い仕上がりです。それでも、耐え難《がた》い孤独を抱える二人が公園のブランコで出会い、地獄から抜け出すために足掻《あが》くというテーマだけはそのまま拝借させてもらいました。

愛という呪いに苦しめられていた二人は、一冊の絵日記帳をきっかけに殺人の計画を立て始めます。どう考えても破滅にしか辿《たど》り着《つ》けないとわかる道の上で、それでも救いを信じて足掻き続ける二人の姿は滑稽に見えたかもしれません。彼らのやり方は倫理的にも論理的にも間違っているし、彼らが犯した罪は決して許されるものではないと、腹を立ててしまう方もいるかもしれません。

ただ、彼らは淡い色彩の物語を信じることができなかった。普遍的なテーマでは拾いきれない現実の中にいたから、不条理な選択しか考えられなかっただけなのです。それでも絶望に立ち向かおうとした彼らの生き汚さを、どうしても私は、愛《いと》しく思わずにはいられません。

この作品が地獄の底にいる誰かを救うことができるのかどうかはわかりませんが、少なくとも、私にとって特別な一冊になったことは確かです。もし読者の皆様も同じように感じてくださっているのであれば、それ以上に嬉《うれ》しいことはございません。


最後になりますが、担当編集のお二人、イラストを担当してくださったくろのくろさんを始めとする関係者の皆様、ご尽力いただき誠にありがとうございました。

そして何より、この作品を手に取ってくださった皆様に格別の感謝を申し上げます。

これから先も面白い小説をお届けできるよう精進させていただきますので、末永くよろしくお願いいたします。

野宮　有

＜初出＞
本書は書き下ろしです。

◇◇メディアワークス文庫

愛《あい》に殺《ころ》された僕《ぼく》たちは

野宮《のみや》 有《ゆう》

2020年10月25日　初版発行

発行者　青柳昌行
発行　株式会社KADOKAWA
〒102-8177　東京都千代田区富士見2-13-3
0570-002-301（ナビダイヤル）
装丁者　渡辺宏一（有限会社ニイナナニイゴオ）
印刷　株式会社暁印刷
製本　株式会社暁印刷

●お問い合わせ
https://www.kadokawa.co.jp/（「お問い合わせ」へお進みください）
※内容によっては、お答えできない場合があります。
※サポートは日本国内のみとさせていただきます。
※Japanese text only

※定価はカバーに表示してあります。

Printed in Japan
ISBN978-4-04-913462-9 C0193

メディアワークス文庫　https://mwbunko.com/

本書に対するご意見、ご感想をお寄せください。

あて先
〒102-8177　東京都千代田区富士見2-13-3
メディアワークス文庫編集部
「野宮 有先生」係

◇◇◇

その冬、彼は遅すぎる初恋をした。
これは、〈虫〉によってもたらされた、
臆病者たちの恋の物語。

恋する寄生虫

三秋 縋
イラスト／しおん

「ねえ、高坂さんは、こんな風に考えたことはない？　自分はこのまま、誰と愛し合うこともなく死んでいくんじゃないか。自分が死んだとき、涙を流してくれる人間は一人もいないんじゃないか」

　失業中の青年・高坂賢吾と不登校の少女・佐薙ひじり。一見何もかもが噛み合わない二人は、社会復帰に向けてリハビリを共に行う中で惹かれ合い、やがて恋に落ちる。
　しかし、幸福な日々はそう長くは続かなかった。彼らは知らずにいた。二人の恋が、〈虫〉によってもたらされた「操り人形の恋」に過ぎないことを――。

発行●株式会社KADOKAWA